大魚讀品
BIG FISH BOOKS

让日常阅读成为砍向我们内心冰封大海的斧头。

在最后一页等我

[西] 索菲亚·蕾依 ——— 著
沈奕 ——— 译

Sofía Rhei

Espérame en
la última página

北京联合出版公司
Beijing United Publishing Co.,Ltd.

献给善良的埃伦娜·马丁内斯·布兰科。

同时也献给阿伦，你并不像书中写的那般糟糕。

即便你像书中描写的那般糟糕，我也依然爱你。

我会等待……

露西安·黛丽勒[1]

爱一个人就像摸彩，若他也恰好深爱着你，那就是中了个大奖。

在家打扫卫生的时候，西尔维娅计划着开展清单上的第二个任务：她准备搬出她那干净整洁而又温馨惬意的小公寓了。对每一个造访者来说，来到这里都像是回家一般，舒适得让他们舍不得离开。但在搬出去之前，她还需要利用她的小公寓来精心设计一个局。

她欣慰地环顾四周，回想起几年前买下这个小阁楼时，她就知道她会把这里变成一个无与伦比的地方。为了打造成梦想中的样子，她花了大把大把的时间和金钱来改造房屋和购置家具：墙壁被漆成了柔和的浅绿色，地板、衣柜、房门、桌子全是光洁的木质品，都打上了一层蜡，骨骼般的色调中依稀可辨木纹的肌理。客厅的墙壁上挂着一面大镜子，将整个空间放大了一倍。西尔维娅打量着镜子里的自己，为了不弄脏头发，她还特意在脑袋上裹了一条手帕。不过，镜子中这个女人脸上的倦容让她有些心惊肉跳，于是她笑了笑，好让自己容光焕发一些。

电话铃响了，她吓了一跳。是她的闺密伊莎贝尔打来的，她们俩从七岁起就形影不离了，在双双旅居巴黎之后，就更加频繁地畅聚。除了经常见面以外，她们几乎每天都通电话。

“听着，我现在没法讲电话。”她说，“你简直是在捉奸，因为……阿伦今天要来，他准备住在这里了。”

电话那头沉默了一会儿，仿佛是在无声地责备。

“你确定这是你想要的吗？”伊莎贝尔问。

“是的。”短暂的犹豫后，她说，“这就是我一直想要的。”

“我难道就没跟你说过，他是不会抛弃那个意大利女人的吗？”

西尔维娅沉默了几秒：

“是，你说得没错，但这次我退无可退了，他已经答应过我了。他说他早已厌倦了茱莉娅喜怒无常的脾气和她没完没了的猜疑。他说，她就像个还没长大的小姑娘。”

“但这并不能改变他们两人相伴多年的事实啊。或许，他只是在等她长大而已。”她讽刺地说。

西尔维娅没理睬她的讥诮，说道：“好吧，你也知道，人们对那些意大利南方女人的评价全都是陈词滥调，比如她们脾气暴躁啦，占有欲强啦。不过，这些词用来形容那个女人真是再贴切不过了。而我呢，我才是那个知道如何跟男人相处并懂得人情世故的女人。每次谈到这个话题，阿伦都是这么说的。”

电话那头传来一声叹息，她说就先这样吧，不久她再打给伊莎贝尔。挂掉电话，西尔维娅重新抖擞起精神，拿起吸尘器打扫卫生。每次跟伊莎贝尔通过电话之后，她都能好受一些。

没时间了。老板已经等她很长时间了，就是为了交给她一项任务，而她又要迟到了。已经是晚上七点半了，阿伦会在九点之后随时过来。在这之前，她和她的小公寓都必须焕然一新，能让阿伦觉得欢欣愉悦。

她清空了半个衣柜，把夏季的衣服都收到了箱子里，挪到了储物间。这个世界真是奇妙，她与一个已婚男人竟然保持了三年的不正当关系，却觉得自己才是他真正的女人。至少，她觉得自己才是那个更为知情识趣、通情达理的伴侣。

其实西尔维娅并不认识茱莉娅，关于她的一切都是阿伦告诉她的。她只知道茱莉娅脾气暴躁、喜怒无常、疑心重重，就像个小女孩一样，永远也长不大。阿伦说，每次茱莉娅在家发神经，他就会跑到卫生间狠狠地擦地板砖。那时，他就会无比想念西尔维娅，想念她带给他所需要的宁静与祥和，这些品质，都是茱莉娅所不具备的。

或许，这个世界本来就不能以单纯的对或错来衡量。毕竟，西尔维娅和阿伦的情况已经超出了人们的刻板认知，不过这种情况也并非罕见。每个人都在寻觅和自己截然相反的人，如果他自己就是个热烈而奔放的人，那么他找一个温柔敦厚的女人就不足为奇了。

那一天，他终于领悟了，他想要的是一个宁谧而祥和的家，而这些年他一直都不曾拥有过。他对西尔维娅承诺过，他会离开妻子的，然后跟她住在一起。他说他早已厌倦了她的尖叫、她的喜怒无常，还有那些激烈争吵后无眠的夜晚。他已经想好要怎样跟妻子摊牌了，已经收拾妥当的行李正在等待着他，他会跟她把事情都讲清楚，之后再也不用忍受她的无理取闹了。

接着，他会到西尔维娅家，和她相爱地住在一起，不必愧疚，不必背负压力，不会再害怕时日无多，手机一响就得离去。他们会在清晨醒来，相互爱抚、亲吻，不用再顾忌旁人的眼光所带来的害怕与威胁——那是变了质的爱情。

她怀着崇敬与感恩的心情，掸着走廊和客厅里装满书的书架。那些书，都是帮她重拾勇气、排遣孤独的温暖小伙伴。她不知道阿伦是否会带些他自己的书过来，要是他带的话，她就得为它们另觅他处了。她根本就不想把客厅书架上自己的书挪出来给它们腾位置。

打扫完屋子，已经是八点半了，她带着手机走进了淋浴间。尽管她给过阿伦一个海豚形状的钥匙环（海豚是她最喜欢的动物，她相信海豚比人类更聪明），上面挂着公寓的钥匙，但她仍旧担心万一他打电话来她没接到。这一天将是非比寻常的一天，她必须保证不会出现任何闪失。她感到太阳穴在突突跳动，不过一切都是值得的。她值得被信任，同时她也会给他在前一段关系中从未拥有的似水柔情。

冲完澡后，她拿着镊子将自己精心修饰了一番，又迅速地化了个妆，这番行云流水全都是平时练就的。她照了照镜子，今天的确神采奕奕，她已经很久没这般精致过了。看了看手机，刚好九点，她在完美的时间将自己打造得完美无缺。是的，她就是这样一个精干的女人，她为此而骄傲，并且觉得自己更令人神往，更适合当阿伦的女人，也更值得被爱。

她穿上阿伦最欣赏的那双高跟鞋——也是在穿这双鞋的那一天，她成了他的情人。不过一般情况下，都是他开门之后先扑过来，不亲密一阵子是不会吃饭的。而一到吃饭的时候，他就说："点一份外卖比萨吧。"可今天是个特殊的日子，她想先准备好一些健康食物，因而提前买好了鲑鱼小糕点，也准备好了饭后甜点——蜜饯草莓配上葡萄酒。有这样一顿美味的晚餐和一瓶冰镇的葡萄酒，想必一切都万无一失。

已经十点四十五了，西尔维娅有点紧张和担忧了：为什么阿伦既没打电话也没发短信说他在路上呢？她打开电视，好让这段难熬的时间快点过去。

"我不会让你离开的！我已经失去过你一次了，那是我人生中最糟糕的时刻！我不会再让这种事情发生了！"

"事情没那么简单，布拉德，世界不会总让你称心如意的。"

"你不能娶一个你不爱的人！"

"说过的话代表不了什么，结婚也没什么大不了，你别这么夸张。”

无聊。她不停地换频道，但在电视里她看到了似曾相识的画面。在遇到问题、双方激烈争吵、爱情变得不可能的时候，只有倾吐出来，这些苦才不是白受的。没有人会对别人的幸福感兴趣。只有结果是完满的，两人才会有未来。她笑了，这就是和阿伦在一起等待着她的结局：单调、无趣，他们看似是幸福的一对。她陷在这种情绪中，看着一个关于野生海鱼的纪录片，尽量不去想为什么阿伦还没来。

也许处理好这段关系并没有他预料的那么简单，他需要更多的时间来了解茱莉娅。也许性格这么要强的女人不会心甘情愿地接受现实，她一定会和阿伦发生冲突，和他大吵一架，或者想要掌控他，让他现在不要离开，直到第二天。她什么都干得出来，只要能争取到时间，好让局势对她有利些。

她很想打个电话或写封邮件，但又觉得最好还是什么都不要做，毕竟她不知道他遇到了什么问题，或许一条简单的信息就会引发猜忌，进而引起争吵，让他一时脱不了身。

她不喜欢用镇静类药物，可她的心脏跳得快要失控了。她打开胶囊，把白色粉末倒在舌头上，好让药效迅速起作用，这是医生建议她这么做的。

十一点半了，她去冲了个澡，出来时又化了个妆，她像是被施咒一般重复着每个动作。她想最好还是吃点沙拉垫垫肚子，或者起码喝点酸奶，但她真的没什么胃口。

十二点了，她被迫坐在电视机前，放一部她最喜欢的电影，这部电影总能给她鼓舞。不过，这一次它没起作用。

每次男女主角一接吻，她就想到阿伦的嘴唇压在茱莉娅嘴唇上的样子。她虽然未曾与那个女人谋面，但她一定比那个女人更美丽，也更有魅力。

猜忌占据了她的整个身体，仿佛一个巨大的拳头挤压着她，她快要喘不过气来了。她从来没有感觉到身体可以这么难受。阿伦向她保证过，他已经几年没有与妻子有过肌肤之亲了，这也是他与她保持关系的主要原因之一，但她并不希望是这个原因让他们的关系长存的。

一开始，西尔维娅并不知道他已经结婚了，直到他们已经上过几次床后。最初，她并不觉得问题有多严重，因为她相信这不过是给这几个激情之夜徒增一些刺激罢了。然而，她逐渐发现，他们之间的共同点远远超过了她的预期。他们都喜欢阅读各种小说，并且读完之后会彼此分享。雨天的时候，两人会一边看野生动物纪录片，一边放声大笑。他们都不喜欢去那些乌烟瘴气、人声鼎沸的地方，而是更喜欢窝在家里，浑身赤裸，裹着被子，喝点上等的杜松子酒，聊聊天。

那些他们在一起的记忆让她逐渐镇定下来，又让她笑得合不拢嘴。她应该相信阿伦的，他曾许诺会离开茱莉娅的，然后搬来和她一起住。这个承诺才是她唯一在乎的。她躺在毯子上，靠在沙发椅背上，大口地呼吸着空气，想要冷静下来。阿伦早已陷入婚姻危机，可他背负着内疚，无法结束与妻子这段问题重重的关系。而在认识她之后，他变得精力充沛、自信满满，也升了职，对生活重拾热情。这一点他已经对她说了很多次。

有那么一瞬间，她想打电话给伊莎贝尔，求她帮忙。她处境艰难时总是很想得到伊莎贝尔的宽慰。不管她有多少麻烦，不管问题是否出在她身上，伊莎贝尔从未责备过她，也从不怪她突然消失，也不趁机说什么“我早就告诉过你的”这类话。要是西尔维娅有什么朋友向自己诉苦，悲惨程度还不及她自己的一半，她顶多就带朋友出去兜兜风，可伊莎贝尔却对西尔维娅有着充分的耐心和无条件的关怀。不过，现在不是打电话的时候，伊莎贝尔还得独自辅导孩子，自己还得休息。

她试着想象她的朋友会怎么看她，毕竟她总是那么绝望，又那么依赖别人，仿佛阿伦如氧气一般不可或缺。真幸运啊！她和伊莎贝尔很早以前就认识了，而且伊莎贝尔知道她并非对所有男人都这样。

她并不为自己对阿伦的顺从和依赖而感到骄傲，甚至不想成为那样的女人。她讨厌这样的自己，而且因为无法做出改变而感到心力交瘁。她想知道为什么自己会在一个男人身上花费这么多力气。很显然，这并不值得。也许是因为她没有孩子，所以她才那么渴望拥有温馨的家庭，而且随着年纪越来越大，孤独感与日俱增。在某种程度上，她想在他身上倾注所有原本应该给孩子的爱与照顾。

此外，有些东西与母性无关……虽然她不知道有多少是科学层面的原因，也可能是化学反应与物理因素的结合作用于她和阿伦身上。他的气味使她镇静，他们催眠般忘我地亲吻，她焕然一新地躺在床上等着他，如此奔放而又如此特别，与其他爱人不同……他们遵从着大自然最为返璞归真的定律，这令她着迷。有时她想，她真的无法拒绝一次又一次回到阿伦身边，也可能是出于生物学原因，相比于理性或者自尊那套说辞，这可是最权威、最古老、最普世的法则了。

她深吸一口气，闭上眼睛，笑了。她等着药效发挥，慢慢让自己进入睡眠状态，感受直达内心的爱抚与温存。她曾在那儿看到过大量的内啡肽释放进入血液，人就会情不自禁地扬起嘴角，仿佛自发地微笑一样。西尔维娅逐渐入睡，嘴角带着会心的笑。

约翰尼，你并非天使……

艾迪特·皮雅芙[2]

有什么声音惊醒了西尔维娅，她有些讶异，走到门口开门，但没有人。关上门，她又拿起手机。此时已经是凌晨两点，没有未接电话，也没有短信。她深吸了一口气，有些担心。是时候鼓起勇气问一下他究竟发生了什么事了，也许出现了什么特殊情况或者意外，也许是茱莉娅拿起小刀或者吞下一瓶药假装自杀绊住了他。

不过，最明智的做法还是保持镇定。尽管她的身体很不舒服，但她应该表现得像是这不过又是一个寻常的夜晚，是阿伦放她鸽子的众多夜晚中的一个。她应该继续装作善解人意。

她走到药柜旁边，再次取出了镇静剂的药盒，她需要一点药物来缓解心悸。她将白色粉末倒在舌头上，对着镜子，感受着药粉在口中溶化的感觉。服用了几次之后，这味道让她越发放松了。镜子中有一个眼神坚定的顽强女人，而这个女人就是她自己。她观察着镜中的自己，发现了种种已经赢了这场战斗的迹象——她做了那么多努力让自己的皮肤、神色、眉毛变得精致；远离了家人、朋友，以及给予她安全感的故土；她花了那么大力气在异国他乡开始她崭新的生活……

因为发型又乱了，她梳了好几次头发。她将头发放下分散到两肩，好显示出脸形的轮廓。她从未像这段时间这么有魅力过，以至于认识她的女人都在模仿她。出于对阿伦的爱，她人生中头一回听从了健身房教练的建议，开始健身，已经瘦了下来。她还根据阿伦的喜好来打扮自己，虽然她自己觉得这个装扮有点俗气，但是穿着合他胃口的衣服、高跟鞋，看到他眼前一亮，那么一切都是值得的。如果放在以前，那种领口款式的衣服她可能一辈子都不会穿出去。

不安像海浪般一阵一阵地拍打着她的心头。为了阿伦她改变了太多，也许她已默认让这个男人随意塑造她。有时候，她隐隐觉得自己的一部分早已迷失，焦虑和反叛在她内心深处暗暗滋生。

她凝视着镜子，感觉自己光彩照人。她不会再被恐惧和疑虑所支配。

她必须成为自己的主人，把握局势。她，西尔维娅，这个照着镜子的女人，是平静的；茱莉娅，则是个歇斯底里的疯女人。她决不允许这个关键时刻脱离她的掌控，就在这一天，她和阿伦的关系将有实质性的进展，她要成为他真正的情人。

手机在客厅里振动，西尔维娅急忙跑过去，还差点被鞋跟绊倒。她拿起手机，她的心剧烈地跳着，好几次按错了键。她焦躁难耐地打开手机看短信。

“西尔维娅，亲爱的，我想告诉茱莉娅，但我做不到。我担心了一夜，想冒险一试，但我意识到自己没有那个勇气。很抱歉，我是这么懦弱，无法兑现对你的承诺。”

西尔维娅惊呆了，将短信看了一遍又一遍。这不可能！像他这么自私的人怎么还能如此心安理得？而她竟然还被蒙在鼓里，神经兮兮地等了他一晚上！他怎么这么没有同情心？

她想打个电话给他。发泄般地吼叫了几声后，她的心情稍有缓解。当然，这也没什么意义。因为茱莉娅在家的时候，他从来不会接电话的。相反，茱莉娅随时随地都可以打电话给他，而且他必须接。接之前他还像小狗一样看着西尔维娅，把手指放在嘴唇上，求她别出声。

她握紧双拳，走到盥洗室，开始小心翼翼地卸妆。

手机又在振动了，西尔维娅觉得自己好像变得更怯懦了，这还是头一回。手机振动的声音让她卸妆的手一滑，结果一滴乳霜进了右眼，随之眼球仿佛燃烧般灼痛。她太想去看一眼短信了，但在用冷水彻底洗净眼睛之前忍住了。

这次的短信更加简短：

“我想最明智的做法就是我们别再见面了。我不希望任何人受到伤害。感谢你的陪伴，让我拥有这美好的几年。你永远的，阿伦。”

目光扫过这几个字时，她仿佛失去了平衡，快要昏厥过去。一阵恶心袭来，她跑进卫生间，坐在地上，强撑着身体，捧着杯子呕吐起来。她呕出一些淡黄色液体，因为她已经好几个小时没吃东西了。神经紧张使她已经完全忘记了要为阿伦收拾家里。

她不想离开卫生间，怕再有胆汁吐出来，所以一直跪在冰冷的瓷砖上，心想着情况不能再糟了。

忽然之间，瓷砖的冰冷给了她安慰，至少她还能抱着一样东西。她闭上眼睛，吸着自己的呕吐物发出的刺鼻气息——那些因为不堪忍受痛苦而从身体里涌出来的东西。她想起阿伦那带有悔辱性的话来，仿佛又回到了从前。

为了能继续和他在一起，西尔维娅一直在自欺欺人。她拼命地从脑海里赶走许多不愉快的记忆，但就在这一刻，为了一个永远不会再来她家里的男人，她跪在这被她擦洗得闪闪发亮的卫生间的地板上。她不得不承认，这已经不是第一次了。当然，这些他永远都不会知道的，他以为她是理智而成熟的，他的拖延与勉强不会对她造成影响。

她心灰意冷，泪水止不住地在她脸上流淌。她明知“我早就告诉过你”，明知“每个人都告诉过你”，明知“你也告诉过你自己很多次”，但她就是一错再错。她的脑袋右边开始隐隐作痛。

她起身打开水龙头，洗了洗眼睛，接着删掉了阿伦的短信。当这个罪魁祸首的名字淡出视线后，她感觉好受多了。她不知不觉地走到冰箱前，把为晚餐准备的精致糕点拿出来，从窗口扔到大街上，她甚至一点儿也没有因为可能伤害到路人而感到内疚。

在这种状态下，她是不可能睡着的。她有种想要逃出自己公寓的冲动，这座房子是她为了挽留阿伦的所有心愿的结晶。恍惚间，好像四周的墙壁向她包围过来，指控她：“你不应该妄想留下他的。现在你已经永远地失去他了，你只能孤身一人留在这里，跟我们在一起，你会比以往任何时候都要难过。”

她穿了双低跟鞋，抓起外套和钱包，走了出去。

她漫无目的地走在路上。

巴黎的埃菲尔铁塔

雅克·海莲[3]

巴黎是座风情万种的城市，比很多城市都要美丽，正如科尔·波特那首著名的歌谣里说的那样，夏季和冬季是美丽的，夕阳晚照或阳光正浓时是美丽的，烟雨朦胧、清风吹拂或白雪皑皑也是美丽的，巴黎宛如一块优雅的蛋糕。

然而，城市的美丽却不能长久地温暖人们的心田。初到城市的前几天，西尔维娅感觉一切都是那么新奇。她不禁想到，当她还是一个孩子时，外婆告诉她的“光明之城”的景象：面包店里，精美的手工巧克力琳琅满目；小巧的衣帽店里，戴着珍珠项链的太太、小姐们流连忘返。西尔维娅站在马德里纳尔法艾兹街上的公寓里，向往着那座她从未涉足的城市，它就像是她读的童话故事中的梦幻国度。

几年后，她拿着伊拉斯谟奖学金去巴黎修读课程。朋友们还在饮酒作乐，同男孩子们调情的时候，她利用空闲时间学习法语。这一切都是值得的，第一次旅程给了她无比珍贵的回忆，巴黎和她梦想中的一样。她亲吻过一个土生土长的巴黎人，那是个迷人的男孩，亲吻他的时候，他的腿比她抖得还厉害。回到马德里后，她的双眼里仍旧充满向往——她还想再去巴黎。

然而，第二次去就不同了，情况完全变了：她已不再是那个豪情壮志、拥有大好前途的大学生了，而是一个移民到他国工作以维系生活的人。幸运的是，她会说那个国家的语言。她花了两个月来面试，终于，找到了一份工作。人们艳羡地祝贺她："你真幸运啊！""生活在世界上最美丽的地方真是一种奢侈。"是的，她想，她将要认识到天堂的痛苦了。当她正为面临的困难而沮丧，觉得天空总是那么阴霾时，她遇到了阿伦，与阿伦在一起的时光，让她觉得梦想中的巴黎又回来了。

西尔维娅向南走着，走向塞纳河。也许她自己都未察觉出她想要找回曾经那令人眼花缭乱、迷人浪漫的城市。她像个机器人一样麻木地走着，一点都不觉得冷。仿佛此刻她正漫游的这座城市不仅温暖了她的身体，也温暖了她的灵魂。

她不得不学着适应没有阿伦的生活了。在这座“光明之城”，她无法忍受继续被一个早已露出真面目的男人绑架，毕竟她已不再是四年前初来这座大城市的孤独而迷惘的大学生了。如今，她经济独立，工作体面，还有一座属于自己的房子。她必须证明自己活得有尊严。

她叹了口气，想起她遇见他的那一天。他们是在一个派对上相识的，举办方是她外婆所在的一个西班牙人协会。起初，西尔维娅只是帮他运来六个巨大的土豆玉米饼。她到了后，这位迷人的法国人“愚蠢地”跟她讲蹩脚的西班牙文。她无法抗拒他那热情的嘴唇，还有耳畔罗拉·弗洛雷斯的歌曲以及眼前双人舞的景象。阿伦没有隐瞒他来这里的唯一原因——他想在聚会上认识一些火辣的地中海姑娘，看来这是他的弱点。

回忆起那天以及之后的日子，她忍不住苦笑起来。她与阿伦的故事一直单纯而激烈，每次小别以后，下一次的团聚都更加充满激情。比如，那次他没提前告知，就突然去她上班的地方找她，还用无人机送她一束鲜花。

即便她努力去回忆那些美好时光，她也不得不承认那些痛苦而卑微的时刻远比美好的时光多得多，失望与悲伤的时刻远比充实而感恩的时光多得多。他最糟糕的也最令她困惑的地方在于他言行不一，这让她怀疑一切——怀疑自己本身，怀疑自己的逻辑。为了理解他，西尔维娅有时甚至怀疑她所知道的常识是否真实，怀疑自己的看法或行为是否正确。

最糟糕也最令她反感的事情是，这几年来她很少向他要求什么，但每当她向他索要一个深情的亲吻时，他总是回绝。

最初，西尔维娅以为，尽管他无法满足自己的要求，但他也会做一些亲昵的动作以示补偿。但随着时间的流逝，这种情况不断再现，她习以为常，然而却让她愤怒，因为没有什么比拒绝亲吻更令人反感。

“不，我不能继续幻想他。”经验告诉她，如果她还在等他而不去打扰他，不让自己的情绪波及他，最终他还会像以前那样再来找她。如果他摘下戒指，如果他按照她的意愿行事，如果他会再次接受她的话，那么她不会停下来思考如何让自己取悦他，而是思考如何取悦自己。重要的并不是阿伦想要什么，而是什么才是适合她的。她得自己决定想要拥有怎样的关系，她得对自己的人生负责。

突然间，埃菲尔铁塔的轮廓在她面前浮现。她怎么走到了这里？她已经走了这么远了吗？应该已经很晚了，还有一会儿就该日出了。即便是在寒冷的冬夜，铁塔的周围还是有几对亲吻和自拍的情侣，或许他们觉得这里能让自己沾上铁塔的魔力。西尔维娅露出痛苦的表情，因为她知道，虽说谁也不能保证两个人能永远美满幸福，但她仍旧希望那些恋人比她更幸运。

她盯着铁塔，看着她的外婆伊娃对她描绘的这座梦幻城市的中心。她抬头看着天空，阴霾的天空中仅剩几颗星星。她确信最亮的那颗是她的外婆，外婆以某种方式注视着她，在巴黎的天空中守护着她。外婆葬礼那天，阿伦陪着她，像是她完美的丈夫，而事实上，他却是别人的。

她仍希望此生还能再向外婆征询意见，或者只是听外婆说说话，听听小时候外婆对她说话时甜蜜的声音。

我忘记了生活

约翰尼·哈里戴[4]

糟糕的不是夜晚大部分时间都在哭泣和漫无目的地游走，也不是彻夜未眠，而是第二天还得上班。

“帕蒂诺小姐！”她的老板咆哮着，“如果你不能胜任艰巨的工作，我将不得不从你的工资中扣除公司的损失！”

年纪比她大的同事克洛蒂尔德来帮她求情：“这只发生了一次，先生。西尔维娅从来没有疏忽大意过，她这次一定是累了……”

“累了！她显然很累！肯定整晚都在狂欢吧。你以为没人注意到你今天的黑眼圈吗？帕蒂诺小姐，你当我们都是傻子吗？希望这是你最后一次由于缺乏职业精神而浪费公司的资源！”

老板一边骂骂咧咧，一边走回自己的办公室，把门关上，门砰然作响。克洛蒂尔德笑了，她朝西尔维娅点点头，示意她别把领导发脾气放在心上，并陪着她回到座位上。

她是个聪明的女人，西尔维娅很高兴能有她在身边，实际上，这也暗示她的过错并没那么严重。她非常钦佩克洛蒂尔德，即使氛围再怎么紧张，她也能镇定自若，不会大嗓门说话。尽管快六十岁了，但她看起来依旧很年轻，举手投足间有着巴黎式的优雅。西尔维娅却是个比较实际的女人，毫不夸张地说，虽然她的工资很高，但她唯一的奢侈品就是一头堪称完美巧克力色的头发，以及专业发型师剪出来的刘海。

“很抱歉，昨晚我过得确实很糟糕。”西尔维娅低声道歉。

“任何人都会这样，而且这台搅拌机使用起来也并不容易。”克洛蒂尔德指的是实验室中最昂贵的设备之一。机器的全称很长很复杂，需要一个非常熟练的人来操作。

“此外，”这位最有经验的老员工继续说，“其他人之前也搞砸过，但勒斯泰因没有像今天这样。他最近心情不太好，也许是因为今天早上的同性恋……”

勒斯泰因先生沉默寡言、性格保守是出了名的，但由于他在二十世纪九十年代的一项发现对研发抗艾滋病药物起到关键作用，所以经常受到同性恋团体的官方访问，他们会在特殊场合针对他的口味和喜好送给他精美的礼品。今天早上，一对同性恋夫妇送给他很多盒亮粉色的巧克力。

“好吧，你比我更了解他。”西尔维娅嘀咕着，“当然对他而言，我还是个新来的。毕竟，我只在这家公司工作了三年半……”

“已经过去三年半了？时间过得真快啊！仿佛昨天你刚来上班报到似的，戴着眼镜，扎着辫子，刚刚毕业……”

“那时我刚刚念完博士。但在毕业之前，我在另一家公司工作过，因此我那时已经差不多三十岁了。”

“我的天哪！我的美女！你的意思是你快要四十岁了吗？难以置信啊！”

“没那么糟糕，克洛蒂尔德，你知道我的确切年龄。”

“我只是好奇你还是单身。”

西尔维娅努力想微笑，但在听到这句话后，她的脸色变得像干了的橡皮泥一样。好在之前她已经回答过太多类似的问题，早已准备好一大堆正确的答案：

“好吧，那个正确的人还没有出现。这是个运气问题，并不是每个人都在同样的年纪遇见爱情。据统计……”

“好了好了，别再跟我扯淡了。我知道你没有什么不好的地方，我不能理解的是那些单身汉都是怎么搞的，他们怎么能让你这样的美女从自己身边溜走呢？亲爱的，你又有工作，又有自己的房子。天啊！你仍然单身的这个事实就是巴黎人有眼无珠的铁证。”

“克洛蒂尔德！”她们听到勒斯泰因的办公室里传来一声尖叫。

克洛蒂尔德赶紧跑去看老板需要什么。她是老板二十年以来最值得信赖的员工之一，如果不是她的智慧和出色的组织能力，公司可能好几年前就倒闭了。

尽管西尔维娅和她相处得很好，她是最适合称为女性朋友的一个女人，但西尔维娅从未让她看到自己跟一个已婚男士在一起。西尔维娅知道对于有着美满婚姻的人来说，这种事肯定接受不了。

她开始反思克洛蒂尔德的话，这也不是第一次了。她在想她与阿伦漫长的纠葛到底在多大程度上妨碍了她去结识其他男人，去和其他人建立一段正常的关系。跟他在一起过了这么多年，不仅伤了她的自尊心，还浪费了她的花样年华。

在老板跟克洛蒂尔德处理完事情之前，她回到了工作岗位上，免得再招来什么批评责难。当她走过同事的桌子时，她看到了一本杂志——《迷人现象》。

“在老板看到之前最好藏起来。”她建议道。

那个刚刚在公司里待了几个月的男孩很快就听从了。

“我看到他上午冲你发火了。他心情不好，对吧？”

“当然，他是心情不好。但事实是，无论他心情好不好，都会斥责这类‘反科学’的出版物，他面对这些躁狂症就会发作。”

男孩感谢了她的提醒，然后回到座位上，把玩具车和一支足球队的三角旗也藏了起来。

“以防万一。”

西尔维娅告诉他的事实千真万确，但她还有一个不想看到这本杂志的秘密原因，那就是阿伦是杂志的编辑之一。

她刚认识他的时候，她以为自己永远不会把海豚的智慧、地球的洞穴、遗传记忆或量子逆向等当回事儿。她以为自己不会喜欢一个鄙视真正科学的人，以为那些幕后集团可以随心所欲地操控所有可及的信息。西尔维娅喜欢的是他在床上的表现，因为很有趣，而且万无一失。

然而有时候，身体，也许是灵魂，遇到一些理智也无法解释的原因。渐渐地，西尔维娅开始对这个难以理解的男人产生了近乎病态的好奇心。他似乎很聪明，可为什么他会相信那些显而易见是假的东西呢？她答应陪他参加思想传播会议，一天到晚听着关于曼陀罗疗法和意念接种的东西。她认真地听取与会者们的观点，甚至在某些问题上，他们的想法改变了她这个受过大学教育的女人的观点，她对于意念的魔力也更加包容了。归根结底，自我安慰型的假药也许可以治疗很多疾病。

她花了几个月的时间才意识到，她对这些事情感兴趣的真正原因是她爱上了阿伦，甚至爱得病入膏肓。这些的确是超自然的现象，为了接近阿伦，那些逻辑和常识正逐渐从她生活中抽离出来。

而现在，她需要填补阿伦离开而留下的空白。

今晚我独自一人

雷欧·马哈内、布拉萨伊[5]

周六是自我治愈的时间。对于周一到周五都要工作的人来说，周六是一周内唯一可以放松的日子。即使在经济危机期间，人们也会感觉好一些，所以最明智的做法是利用这个时机。

她觉得自己在这段最忙的时期刻意扼杀对阿伦的感情，就像硬生生地掐断小猫小狗的脖子一样。正是因为意识到任务艰巨，以及接踵而来的痛苦，所以西尔维娅决定把这一天献给自己。她在浴缸周围摆了一些充满芳香的蜡烛，播放着她最喜欢的舒缓音乐。

她不知不觉地打开了一盒镇静剂，但她并不准备吃，而是看着胶囊，若有所思。她真的需要它们吗？她知道这些药是怎么在大脑里发挥作用的，吃这些药是会上瘾的。她深吸了一口气，决定放松一下自己。以前遇到糟糕的情况，她就只会吃药。

西尔维娅并不了解阿伦，她渐渐觉得这样也许更好。他好几次告诉过她，尽管他过得不幸福，但他还是想“保护自己的婚姻”。每个人都有选择的权利，但也必将承担相应的后果，这一点西尔维娅比任何人都要明白。但这对她来说是不公平的，是他为她亲手编织了一个虚幻而渺茫的未来。

浴室里散发着檀香味。当她将沐浴露倒入热水中，待其慢慢起泡时，她想起这么些年来，她所有的朋友都无一例外地告诉过她，这种关系对她没有好处。对有些不熟的人，比如，她在健身房认识的桑德琳，她讲了很多事儿。而一些认识的人，比如保罗和丽塔，她只是在伊莎贝尔的晚宴上偶尔遇到他们的，也不算很熟悉——他们说，每次谈到阿伦时，她都会紧张，不管她多么努力地尝试保持微笑。

她跟他在一起的时候，就会忽略自己的朋友。她为见到阿伦而随时准备着，但不会和朋友们保持更为健康和快乐的关系。最糟糕的是，她自己都不再是自己的好朋友了。如果一切都能重来的话，她会及时意识到所发生的一切。她本可以旁观者清的。

她脱掉浴袍，滑入浴缸。她答应自己不再去想那个傻瓜了，那个软弱、胆小、谎话连篇的男人，至少，泡澡的时候别去想。她把注意力放在周身温暖的液体和泡沫的轻抚中，放在轻柔的音乐中。对她而言，能在独处时有美妙的感觉，这最好不过了。

可她做不到。虽然她在收到阿伦的短信不久之后就把它们删了，但她还清楚地记得那些字眼——“最明智的做法”“我不希望任何人受到伤害”“感谢你的陪伴，让我拥有这美好的几年”“你永远的”。

他怎么能这么绝情、这么冷漠呢？从什么时候开始阿伦变得如此谨慎了？这些话有个屁用！他说不想让任何人受伤，但他却抛下了她，难道说她根本不算是“某人”？她的痛苦对他一点也不重要？还是他说的不是真的呢？抑或其他什么？他怎么能仅仅发个短信就告别了他爱了这么多年的女人？如果这几年真的是“美好的”，他为什么要结束它，而且还如此风轻云淡，如此毫不在意呢？

西尔维娅愤怒地出了浴缸，仿佛水温都升高了几度。当然，那条短信中最令她痛苦的是最后一句话——“你永远的”。如此欺骗！如此刻意！如此一文不值！对于你正打算离别的人来说，这是最糟糕的话。

她的身体因愤怒、沮丧而开始颤抖。那一刻她想，如果她能与阿伦当面对质，告诉他自己内心所有的想法，斥责他曾经爱过自己，即便一半真心一半假意，她可能会好一些。谁不喜欢被人深爱着？而对阿伦来说，这一定很容易。在那段漫长的孤独时光，他们的关系不清不楚，也只能偶尔见面，西尔维娅一直是个受害者，她忠贞不贰、全情投入，自尊也被扔到了尘埃里。她本可以做任何事情来换取别人的宠爱。

但这不是她应该做的！此时，她应该放松下来，关注自我，而不是一直想着阿伦。她想哼哼自己最喜欢的歌，但哼的大多数竟然都是情歌。

她明白，无论她如何刻意地布置身边的场景，控制住大脑里的想法，都无济于事。想到她的嘴唇再也触不到阿伦的皮肤，就像戒瘾一样难受。它与心灵、理智毫无关系，就是一种身体的本能感觉，完全是野性的、初级的，她的所有细胞、所有组织都要求她寻找他、跑向他。

门铃响了。

肾上腺素使她全身紧张。她的嘴里自动喊出了阿伦的名字，一定是他。他终于意识到自己有多想她，并且来告诉她，他不能没有她。

她飞快地从浴缸里出来，差一点滑倒。这让她想到，如果她在他来之前死掉了，他来找她，就没有任何好处了。她穿上浴袍，看着镜子里的自己，决定在抹上口红、整理好头发之前先不开门。

她静悄悄地走到门口，但她的心跳得好剧烈，仿佛街上行人都能听得到。她深吸了一口气，站在门前一动不动。忽然之间，她不想开门了，她害怕门外是阿伦，又害怕不是他。只要这扇门关着，一切都是有可能的，可一旦她打开了它，可能性就会瞬间消亡。

“西尔维娅，是我！”门的另一边，一个女人在喊。

她把手放在胸前，让肺里充满空气。七岁以后，她的朋友伊莎贝尔就像她的双胞胎姐妹，她俩不可分割。

她正要开门，却犹豫了。她不想看到任何人。

“我知道你在家。一分钟前，我还看到猫眼里有光，虽然现在没有了。还有，楼外还有几个糕点外包装粘在你的窗户边上。”

她叹了口气，不得不打开门。她的朋友和她十二岁的女儿伊索尔德立刻进来了。

“我们来看你，好让你不要太消沉。”伊莎贝尔说，“我们给你带来了你喜欢吃的日本面包。”

“它是绿色的，像僵尸的皮肤，”伊索尔德问，“你真的喜欢吗？”

西尔维娅咬着嘴唇。伊莎贝尔之前本来不知道，但有次她发现西尔维娅跟阿伦出现在圣安妮的日本面包店里，因为他喜欢一切有异国情调的东西。他们经常在这条街上的小餐馆吃饭，这条街被叫作巴黎的“小东京”。

“谢谢，但我没什么胃口。”

“我知道你会这么说，所以我也带来了姜和柠檬柚子汁，没有热量。你真是让我不得不宠着你。”

这番话说得无懈可击。伊莎贝尔开始为她准备饮料，而西尔维娅在穿衣服。

“我可以看一下这些书吗？”伊索尔德问。

“当然。”她在卧室回答道。

西尔维娅有一些带图画的故事书，有些是她小时候父母和外公、外婆买给她的，都很宝贵，但大多数是她成年后自己买的。每当看到一本难以克制住购买欲的图画书时，她都会任性地买下来。年轻的时候她就想，所有这些书将来有一天都会属于自己的儿子和女儿，但是自从和阿伦在一起后，她便打消了这个念头。她已经过了还能冒出这种幻想的年纪。

她回到客厅与伊莎贝尔喝茶。伊索尔德站在走廊，盯着书架，若有所思。

“你还没找到你喜欢的故事书吗？”西尔维娅问。

“我最喜欢的不在里面，”女孩说，她环顾了几遍西尔维娅的收藏，“我喜欢《快乐王子》。”

“我把它……借给一个朋友了。”西尔维娅说。

伊莎贝尔盯着她看，她能从她凄凉的语气中猜出来她把书借给谁了。

“你怎么能让那个人拿走你最喜欢的书？”伊莎贝尔皱着眉低声问西尔维娅，没让伊索尔德听到，“你给了他你的时间、你的爱、你的期望，你不能让他从你身上夺走一切。你投入得太多了，你给了他一切，你自己却什么都没留下。”

西尔维娅全神贯注地盯着她的杯子。是的，伊莎贝尔确实说中了她的感觉：空虚、颓废。她确实在这段关系中投入了太多。她失去了阿伦，也失去了大部分的自己。如果他不再爱她，她也不知道怎么爱自己了。若没有他人的注视，她不知道该如何理解自己，尽管这样的注视伤害过她很多次。

伊索尔德回来了，手上一本书也没有。伊莎贝尔递给她一块抹茶面包，她用西尔维娅刚才说的话回答：“我没什么胃口。”

伊莎贝尔笑了：“她很佩服你哪，还模仿你说话呢。”

伊索尔德羞愧地移开了目光。西尔维娅思忖着这个世界上会有人把她当作榜样模仿吗?

吃完点心，她们又聊了一会儿天气、政治、各自喜欢看的电视剧和一些无关紧要的事情。伊索尔德打了几个大呵欠后，伊莎贝尔劝她去西尔维娅的床上睡个午觉。伊索尔德一开始不想去，不过几分钟后，她便去了。

只剩她们俩的时候，伊莎贝尔做出一副有什么秘密要不吐不快的表情，毕竟她们俩要好到无话不谈。

“终于就剩我俩了,”伊莎贝尔说，“我要告诉你一件非常重要的事情：我要结婚了。”

我们并不在此遇见

鲍里斯·维昂[6]

“什么？”西尔维娅瞪大了眼睛问，“但你都没有告诉过我你在和男人约会……”

“是的，”伊莎贝尔说，“他是个成功的商人，他有加油站和几个工厂，虽然我还不知道是什么厂。其实，我要和他一起去他的国家了——迪拜。那是个美丽的城市！他甚至为伊索尔德安排好了一所法国中学。”

西尔维娅吓得面色苍白，她说：“你在说什么呢，伊莎贝尔？你真的要去那个地方吗？你跟他才认识几个星期？”

“其实已经几个月了，真的。我不想告诉别人，因为我不想让他们的意见影响我。我甚至想过要成为一个穆斯林。我一直在读一些美丽的经文，我发现我并没有想象中那么畏惧。”

西尔维娅将头埋进了手中：“不，这不可能，伊莎贝尔！他对你做了什么？你不可能一夜之间改变了这么多，更不可能为了一个男人。你所告诉我的这一切……”

伊莎贝尔叹了一口气：“我能想象你不会喜欢。”

“为了一个男人，你放弃了做你自己，还要抱着这样的心态把女儿带到这样一个国家，我不认识你了！但最令我伤心的是你居然什么都没有告诉我。”

伊莎贝尔的表情彻底变了。

“你不该这样，毕竟这与你和阿伦之间发生的事情没什么两样。因为你和他在一起时，看起来也像另一个人似的，你改变了你的习惯、你的个性。我们很少能看到你，有时我觉得，好像是你在外国生活似的。我也不认识你了，西尔维娅！”

两个朋友互相盯着对方。

“唉，算了，我明白了，你不是在跟外国人约会，对吗？你只是想以这种方式告诉我，让我换位思考罢了。”

伊莎贝尔点了点头，说：“你知道我不喜欢插手任何人的生活，我无条件地爱你和支持你。但我不得不告诉你，作为一个朋友，我觉得你现在很不好。我想你是在逃避一段让你困扰的关系，不想认真面对自我、审视自我，不想当机立断地改变自己的生活。”

西尔维娅深吸了一口气。她起身拿了杯水，一口一口地慢慢喝着。如果伊莎贝尔一周前就告诉她这些事情，她会觉得很烦，而且会想这又不关她的事。但在这一刻，她们俩敞开心扉，聆听彼此的心声，这感觉棒极了。这也是她会跟自己说，伊莎贝尔才是真正的朋友的原因。

“我想你是对的，我深陷在恶性循环之中，可我不知道该怎么摆脱它。”

伊莎贝尔起身抱了抱她。

“不过你不知道我有多高兴，知道你不会去另一个国家。”西尔维娅说道，“你吓死我了。”

她们互相拥抱着、笑着。

“我知道我一直处在失踪状态，除非我接到某个人的电话。我对此感到很抱歉。”

“不仅仅是这个原因……这不是你要如何管理自己的空闲时间的问题，每个人都可以随心所欲地做他想做的事。重要的是你内心深处发生了什么，你怎么看待自己。有时候和不适合的人在一起，会使我们也变成那个不适合自己的人，这就是所谓的‘皮格马利翁效应’——如果我们非常重视其他人对我们的影响、对我们所传达的信息，我们最终会慢慢相信它。”

西尔维娅感到心头一阵难受，但她忍住没哭，说道：“好吧，你不用为我担心了。阿伦离开了我。”

伊莎贝尔翻了个白眼：“这我早就知道了，不是已经好几次了吗？你们暂别一段时间，过一段时间又马上好起来了。”

“我觉得这是最后一次。”

“嗯，我觉得只有是最后一次，你才会清楚地认识到自己其实并不想回到之前那个状态。除了把你扔在一边，他这有什么价值呢？他只是一个让你悲伤的骗子，一次次离开一个呵护他、取悦他的女人。我已经讨厌死他了，西尔维娅！他不会离开你的，他甚至还不知道，其实他才是一种最能操纵人的工具和手段吧。”

西尔维娅低下了头。老实说，她知道阿伦很可能会在几天之后再来找她，而她同样可能会答应他重修于好。之前这种事发生过好几次。

“你是谁，西尔维娅？除了围着另一个任性的人团团转外，你是谁？”

西尔维娅摇摇头，没有回答。确实，思念阿伦以及随时适应他的节奏和任性花了她大部分心力，这让她又欢喜又抱怨，把她变成一个可怜又可悲的人。

“为什么我的生活有这么多波折？”她大声问道。

“每个人都不时地需要一些强烈的情感，”她的朋友安慰道，“但是，它就像一种药物，人很容易陷进去。我们都想活在一个没有责任的世界里，但是，没有责任的地方就不会完满。”

西尔维娅无声地抽泣起来。她感到空虚，她从未对任何人表露过如此深切的感受。

“你自己的欲望是什么？它只与你有关吗？”伊莎贝尔温柔地问，“你的打算是什么？如果你中彩了，突然间变得很有钱，你会怎么做？”

西尔维娅清了清哽塞的喉咙。她曾经幻想过有一笔钱会干什么，但她想的大部分都是和阿伦一起做的事，比如旅行，或者开心地待在一起，让时间不疾不徐地流过，不再让她有负罪感。

她及时把这些想法驱逐出脑海，仿佛伊莎贝尔通过眼神洞察了她的心思。谁还是十九世纪的女人，活着只能为一个男人叹息？浪漫主义的勾当是具有破坏性的，这一点她已深知，她不但觉得喉咙中像有根刺，而且心中也有一根刺，深深地扎着她。她为了一个男人，永远都保持“在线状态”，永远不知道他什么时候会“逃跑”。西尔维娅已经忘记了自己，她不仅忽视了朋友们，还放弃了自己喜欢做的事情，比如和伊莎贝尔一起参加游行，或者和伊索尔德一起做手工。伊索尔德的童年很快过去了，而且她们已经许久没在公园里跑步了。

“我替你找到了这个，”说着，伊莎贝尔从钱包里拿出一张纸，“我只是想让你看看。我知道你不相信心理学家或理疗师，但我印象中这一位并不像其他人那样，他的方法应该特别适合你，我希望你能尝试一下。”

纸上是伊莎贝尔写的优雅的文字：

芬格尔·欧弗雷泰的读书疗法

美术学院路，13 号

“读书疗法？”西尔维娅叫道，“这看起来像个骗局。”

而且，纸上的街道和号码她有点似曾相识。她以前多次去过那个区，但此刻关于这个地名，她什么也没想起来。

伊莎贝尔坚持说：“我已经很了解他了。如果有必要的话，我来帮你付会费吧。求你了，亲爱的，这对我来说很重要，因为我不能眼睁睁地看着我最好的朋友因遇人不淑而痛苦。”

伊莎贝尔忧郁地看着窗外。

“我也爱你，伊莎贝尔，但我不能答应你。”

这样更好

米雷耶·马修[7]

伊莎贝尔想要到公园去散散步。西尔维娅住在巴茨肖蒙公园附近，虽然她一点儿也不想出去，但还是同意出去走一走，满足一下伊莎贝尔，免得她太为自己担心。她们漫步在树林里，她装出轻松而自在的模样。

然而一回到公寓里，绝望与孤独再次包围了她。阿伦说过的话，他的短信，那些愚蠢的文字，关于他的画面，一次又一次地涌进她的脑海里。所有这些，她曾努力地镌刻进记忆里，永志不忘。

她轻轻地拿起电话，仿佛那就是阿伦的手。它曾是他们之间唯一的潜在纽带。她盯着它看了很久，考虑要不要发短信或是打电话给他。

当然，她知道这两件事她都绝不该去做。如果有个朋友跟她讲述她与阿伦之间发生的种种，或者她看到小说或电影里的女主角发生了类似的事情，她肯定不会听，也不会看。但当局者迷，而且她会一直沉沦下去。

对她来说，她与这个男人的故事充满了例外。他们之间发生的所有事情都有因可循，而那些恰恰都源于他们之间往来的特殊性。普通夫妻的规则并不适用于他们。

西尔维娅很清楚这一切都是个错误，但她的身体、她的肺腑却很难自我控制，它们有自己的需要，这让她产生了一种难以自控的情绪，而且上瘾了。

也许这一切的错都缘于她的名字。她清楚地记得，在十二三岁时，她看过一本专有名词的字典，发现她的名字意味着“野蛮”。几年后，她读过热拉尔·德·内瓦尔的小说《西尔维娅》，讲述了一个男孩爱上了神秘的西尔维娅小姐的故事，这与她当时爱上阿伦时的心境如出一辙。

她不能让自己被隐秘的激情牵着鼻子走。是时候认真对待自己，不能再爱上任何浑蛋了。第一件事便掌握在她的手中：她应该从手机通讯录中删掉阿伦的电话号码。

之前她就已经从电话本中删掉了所有标记为安全备份的电话号码，因而那个小小的电子设备便是世界上唯一还保存着那个可怕的九位数字的地方。她飞快地删除着，假装没有看到它们，以免自己暗自背下来。她用“不要接”这个词替代了“阿伦”的名字。现在已经有好几个垃圾号码都被贴上了这个标签，比如发垃圾短信的那些公司号码。

几秒钟后，阿伦的号码就不复存在了，虽然他曾是世界上最独特、最与众不同的人，但此刻已经是另一个不受欢迎的人。西尔维娅感到心中一阵痛楚，因为她意识到以后再要辨认出他的电话号码就很难了，可能要花费很长时间才能找到它。但同时，她也感到释然了，这让她很惊讶，似乎这是个好兆头。

也许她正走向正确的方向。也许，就像她所感受到的，伊莎贝尔和其他朋友的建议都渐渐地影响了她。是的，一定是这样的。她在正确的轨道上慢慢地找回了自尊，逐渐完善自我。她只是需要一点时间罢了，痛楚最终都会被消解的。在短短的几个星期里，她变得如此坚强，几乎快要不记得那个浑蛋了。

为了庆祝这一刻，她鼓励自己吃一片伊莎贝尔给她准备的美味绿色面包。她的朋友在最黑暗的日子里包容和支持她，即便这一切过错完全都是她自找的，跟其他人无关。她闭上眼睛，享受着这一刻。每咬一口，她都能感受到她最好的朋友的关心与爱护。这一次，她不会让朋友失望的。她会忘记阿伦，不再沮丧，从今以后，她可以和伊莎贝尔一起度过美好的时光，而不是迫使伊莎贝尔面对因她而起的沉重问题。

她想去健身，她一直都觉得运动很好。她走进房间，穿上紧身裤和运动鞋。她会把自己去跑步的照片拍下来，让伊莎贝尔看看她已经开始了自己的生活。伊莎贝尔会为她感到骄傲的，她也为自己感到骄傲。

她刚要出门，手机就响了。西尔维娅对去公园里跑步这件事充满了期待，她犹豫了一下，估计是妈妈打来的，她心想，要不一会儿回来再打过去。但是当她看到来电显示是“不要接”时，她僵住了。她停在半开着的门口，深呼吸，想要控制住自己紧张的情绪。也许是电信公司或银行贷款中心打来的，别想着去接它，她必须把手机扔到沙发上、扔到街上。然而，手机还在响，第三遍、第四遍……每一遍，她的心都跳得很快，仿佛将要爆炸，痛苦极了。她快要喘不过气来了。

她忍不住了，按了接听键。“西尔维娅？”阿伦问。

她握着手机的手开始颤抖。她关上门，慢慢地朝沙发走去。

“是我。”她答道，虽然在那一刻她满腹疑问。

说，你什么时候回来？

芭芭拉[8]

“你还好吗？”阿伦用温暖而充满磁性的声音问道，这是他精心修饰过的声音，能对女人产生极大的魅惑。

“好极了。”西尔维娅回答道，不带情绪。

“我以为你再也不会接我电话了。”他小心翼翼地、略带歉疚地说。

“我也以为，我的确应该这么做的。”她说。

“别这么强硬……我也很不容易。”

西尔维娅咽了一口唾沫。这就是他们不对称关系的最好证明，即使情况对西尔维娅来说多么不利，他也只会设法说他的感受是多么糟糕，他的处境是多么复杂和不堪，以及他继续保持着这段禁忌之恋是多么伟大。

她没再说话，沉默着。

“我和茱莉娅吵架了。晚上我让冰箱门一直开着，好像地狱的门被打开了，恶魔已经攻占了我们。她为此跟我大吵大闹了二十分钟。然后我也生气了，开始斥责她……”

西尔维娅感到一阵寒战。多少次了，他向她抱怨他和妻子之间的问题，而她不仅忍气吞声，还得表现得善解人意，以显示她有良好的教养。在关系破裂之后，他怎么还敢打电话给她，诉说他那不幸的婚姻呢？他真是自私至极。

“听着，阿伦，我很抱歉，但我不想听你的婚姻问题。如果你需要治疗，那么有比我更适合的人。”

他在电话另一头沉默着、犹豫着。这是她第一次这么和他说话。

“西尔维娅，我错了，我不该对你说我们以后别再见面之类的话。你不知道我有多需要你，比以往任何时候都需要。你在我的生活中已经变得不可或缺了。如果不是因为你……如果不是因为你，我不知道我还能做什么……”

字字用情至深，西尔维娅甚至害怕他要哭了。

“别离开我，西尔维娅，我求求你！没有你，我什么都不是！我和茱莉娅之间越来越糟了。总有一天，我会不再害怕，亲口跟她说离婚，这只是时间问题。我无法想象我的生活中没有你，亲爱的。你比任何人都了解我，你还是爱我的。”

阿伦的甜言蜜语像黏稠的东西滑过她的皮肤。她当然想听这些话，她一直渴望着。只是几个小时前，她已不愿再听了。那一刻，这些话只会让她感到窒息。她很快就找到了理由：“我不再相信你了，阿伦，我不相信你。前几天你还告诉我，你和她之间的一切都结束了，然而，你却说我们不要再见面了，现在你又打电话告诉我这些事情。你不能这样对我！”

又是一阵沉默。

“你说得对，我的至爱，你说得全部都对。但你知道我过得并不好，太不容易了，原因也很复杂，因为这件事情牵扯的不只是我一个人……我不想成为一个坏人，你必须明白。你换位思考一下，站在她的角度想想。”

是的，这就是西尔维娅需要做的：把自己放在另一个刚被人抛弃的女人的处境中，并且表现得通情达理。如果几天前他没有抛弃她，没有任何人来同情她，这样做大概会容易些。

阿伦非常会洞察人的心理，他完美地抓住了西尔维娅的心境，对她说了很久，让她放心，让她感到安全。他知道他应该按下哪些“键”，毕竟他做过很多次，并且屡试不爽。他是这方面的专家。

“我会解决一切的，我的宝贝儿，你会看到的。我们可以一起面对这一切，正如我们之前一起面对的那样。我们在一起，会无坚不摧。从现在开始，这种力量将比以往任何时候都强大。我向你保证……”

渐渐地，在他的轻声细语中，西尔维娅心软了。她仿佛陷入了阿伦的花言巧语中，就像是被浪漫的月光或是温柔的海浪包裹着一般。

“和你在一起之后，我的生活已经完全改变了。我的宝贝儿，你是我存在的光。跟你在一起之后，我想成为一个更好的人，不再生活在谎言中。你是我的灵感、我的缪斯……”

他说得停不下来了，事实上，西尔维娅也正需要这些话，好让曾经他对她造成的伤害消失。

“我们很快就可以在一起，这一切都是值得的。常言道，付出得越多，越会懂得珍惜，越会满足。”

西尔维娅靠在沙发上，她已经不想出去跑步了。她把毯子盖在身上，让阿伦温暖的声音将她包围。事情已恢复正常，让她放下心来。一切又像往常一样：熟悉，稳定，按部就班。

“你会过来吗？”她犹豫地问。

“今天的话……今天我不能过去了，亲爱的，但我保证，我会补偿你的。下次去看你，一定会带给你惊喜。我会让你感觉到我的深情，不再让你怀疑一切，因为你是我见过的最特别的人。明年夏天我们一起去……”

她感觉到很疲惫，一阵困意袭来，眼泪开始不自觉地流下来。她不知道那是快乐的、如释重负的泪水，还是悲伤的泪水。她不知道是因为自己已经从失去阿伦的悲伤中恢复过来了，还是因为她已经完全失去了自己。

掷硬币，正或反

柯丽内·查比[9]

人有很多种中奖的方式，当然，最好的便是在二十岁之前遇到一个与自己是天生一对的人，而如此幸运的人不少。

每次西尔维娅看到克洛蒂尔德的丈夫安德烈，就会想到这句话。有时，他会在十点一刻和她俩一起喝咖啡。安德烈是个腼腆的病理学家，你很容易联想到在那“忧伤”的高中时代他那笨拙无措的样子。上了大学，他撞了大运，这样一位美丽的女孩看上了他，并且教他在生活中要学会自我管理，而不是被一杯水给“淹死”。多亏克洛蒂尔德的信任以及教了他很多社交技能，安德烈才能够从容应对种种难以忍受的情况，并且成为大学教授。他认识到在生活中拥有如此宝贵的盟友的重要性，所以在二十多年的婚姻中，每当他凝视着克洛蒂尔德时，总是双眸闪烁。

西尔维娅时不时地想象着，如果她在年轻的时候就遇到一个无条件支持她的人，每天都能感到自己被宠爱着，那么她的生活不知会变成什么样子。她猜不出那些对自己的伴侣完全信任的人会有怎样的感觉，那种毫无嫌隙的沟通、无条件的信任，听起来就像是科幻小说，是一件只可能发生在别人身上的虚幻的事情。

“我不明白这种啤酒瓶盖拉环的设计优点在哪里，”安德烈专注于喝酒的同时思考道，“我觉得反而不方便存储和运输，因为这样更容易碎……”

克洛蒂尔德和他正围绕着酒的密封方式和酒瓶盖的历史变迁进行着愉快的对话，西尔维娅一点儿也插不上嘴。此刻，她的注意力在别的事情上。她想，安德烈现在和他原本会成为的人完全不同了。他原本注定会成为一个悲伤而孤独的人，但他中了奖。他太幸运了，不用经受多年孤独的煎熬，不必被疑神疑鬼的性格所困扰，更没有变成那种心理变态的人——就像那些脆弱的人身上会发生的一切。西尔维娅摇摇头，期望赶走那些微妙的想法。

回到办公室，西尔维娅看到一个扎着长长的黑色马尾辫的男人，眉毛浓密，眼眸漆黑。他进了她老板的办公室，关上了门。

她很吃惊，他八成又会继续操控办公室里的一切，据说他是勒斯泰因家里的显赫人物。

“那是谁？”她低声问。即使门关上了，她的老板也有顺风耳。

“这是他第二次来了。”玛蒂尔德小声说，西尔维娅坐在她旁边，“上一次来，他也关上了门，他们在里面谈了一个多小时。”

她俩交换了一下疑虑的眼神。

“挺有魅力的，不是吗？”玛蒂尔德问，仿佛增添了这件事的阴谋性。

西尔维娅听到之后很惊讶。玛蒂尔德是个年轻的姑娘，非常漂亮，有着玛丽莲·梦露般的金色头发和充满感染力的笑容，使男人们神魂颠倒，而她总是高傲地走过。虽然西尔维娅并不喜欢对别人的外表发表评论，但她也很想知道那个电影演员和玛蒂尔德谁更性感。

不可否认，这个初来乍到的男人吸引了大家的注意力。他的仪态以及坚定的目光中藏着某种东西，让他看起来好像根本不在乎别人对他的看法。想象他在办公室里的样子，跟想象他和一帮穷困潦倒、倒霉透顶的赌徒在地下赌场赌钱的样子一样容易。他看起来像个随机应变的反叛者。

到了饭点，神秘男人还是没离开勒斯泰因先生的办公室。克洛蒂尔德来找西尔维娅和玛蒂尔德一起吃饭。她们用微波炉热了一下盒饭，碰巧遇到了老板的秘书萨布丽娜。

“嘿，萨布丽娜，那个跟老板会面的人是谁啊？你能进他办公室吗？”克洛蒂尔德临时编造了一个借口，“我得把一份紧急备忘录交给老板。”

“我很抱歉，老板下令他和萨诺斯先生会面时，谁也不许进去。”

西尔维娅和玛蒂尔德交换了一下眼神。萨诺斯，这应该就是那个神秘陌生人的名字。

克洛蒂尔德没多加掩饰，为萨布丽娜布了个小陷阱：

“所以老板肯定没告诉你他为什么要来，是吗？”

“当然告诉我了，”萨布丽娜懊恼地哼了一声，她总是吹嘘自己掌握了老板最细微的生活日程安排，“萨诺斯先生是希腊人，并且在……一家非常有声望的公司工作。”

从她说话的方式来看，她并不知道萨诺斯先生具体从事什么工作，以及那家“非常有声望的”公司具体是哪家。看来，连老板的贴身秘书都不清楚这位神秘人士在老板办公室里做什么。

萨布丽娜离开时，她们三个人陷入了沉默。

“你们觉得老板会卖掉公司吗？”玛蒂尔德低声问。

三个人都听说过这个谣言，而老板的行为又如此古怪，这让三个人有些心烦意乱。西尔维娅的喉咙里好像打了个结，因为她不能失去工作，否则将意味着她要与阿伦彻底分手。

“很快就会有眉目了。”克洛蒂尔德肯定地说。她是最熟悉勒斯泰因先生的人，也是最关心其行为变化的人，“我们只缺少一些实情罢了，但我愿付出任何代价来打听到更多情况。”

玛蒂尔德怀疑地扬起了眉毛：“任何代价吗？”西尔维娅和克洛蒂尔德好奇地看着她。

玛蒂尔德在她手机中输入了一些文字，先给一个人看，然后又神秘兮兮地给另一个人看。

手机上的字是“假如我们找一个侦探呢”。

看到之后，克洛蒂尔德哈哈大笑：“你小说看得太多了，而且，恐怕你读的都是同一个类型的。”

“这种类型没什么不好。”西尔维娅支持道。之所以帮玛蒂尔德说话，是因为她也喜欢看悬疑阴谋类的书。她和玛蒂尔德经常互相分享自己看的侦探小说，并且交流阅读体会。

“我是认真的，”玛蒂尔德小声道，“现在整个公司都处于紧张状态。如果勒斯泰因先生遇到了什么问题，他为什么不在公司委员会中讲清楚呢？”

“我觉得这并不是个愚蠢的主意，”西尔维娅低声补充道，“如果这事会伤害到我们这群员工，我们越早知道越好；如果我们还可以帮助老板，或许会很好——比如他曾被人看到参与讹诈或做不正当的事情。”

克洛蒂尔德摇了摇头：“姑娘们，我想说我根本不喜欢这个主意，你们应该意识到一些可能的法律影响，我不知道我们是否有权做这样的事情。我明白你们的想法，但事实上，这么做可能会更糟。”

玛蒂尔德拍了拍手，然后笑开了花：“太棒了！太令人兴奋了！我一直想要打这个电话，并遇到一个真正的……”

“嘘！”西尔维娅打断了她，因为玛蒂尔德太激动了，说话太大声了。

克洛蒂尔德叹了口气：“你先别太激动，我还得想想。但我会跟律师聊聊的，仅仅是为了知道相关的法律信息。”

告诉我，关于爱情

露西安·鲍耶[10]

西尔维娅从实验室出来，坐地铁回家，她在地铁上度过了半小时，想象着自己脱下鞋子，将自己包裹在大毛巾里，热一热汤，蜷缩在沙发上拿起一本好书……她需要休息，最近几天的情绪爆发已耗尽了她的力气。

当她走进大楼时，在大门口看见拜亚兹夫人与一个靠在门房上的年轻人交谈。这位看似来自阿尔及利亚的女人已经七十多岁了，但是每天都涂着很正的珊瑚色眼影与珊瑚色口红。她喜欢在帅气的男人面前有个不错的形象，尤其是她年轻的时候。

“你一般什么时候来收垃圾？”男孩问。

“每天八点半。”拜亚兹夫人用颇为调情的声音回答。

西尔维娅经过门房时，向男孩打了声招呼。他转过头来想看看是谁，当看到是西尔维娅时，似乎颇为惊讶。

“这位是我们之前说过的西尔维娅·帕蒂诺小姐。”拜亚兹夫人毫不掩饰地对她的年轻朋友说，“办公室的工作怎么样，西尔维娅？”

“其实，这份工作让我有点累了。周一可以毁掉所有东西，不是吗？”

“是啊是啊，确实这样。”她赞同道，随即又和可爱的小伙子聊了起来。

跟他俩道别后，西尔维娅觉得那个男孩正紧张地看着她。她上楼的时候（无论她有多累，为了保持小腿的肌肉不松弛，她总是强迫自己不去乘电梯）想到，一个男孩会对拜亚兹夫人的日常生活感兴趣，真是奇了怪了。也许他想在她退休后接手这份工作，不过这应该是至少五年后才会发生的事情。像她这么固执又爱指手画脚的人，至少还能再干十年。他想要取而代之，估计如意算盘白打了。

脱下鞋，换上衣服，她感到快乐极了。她拿起一盒南瓜奶油，在微波炉里加热，然后躺在沙发上，拿起了伍德豪斯的书，打算再看一遍。这是一本幽默小说，每每读起来都会让她忘记一切。可她还没看到第二章的一半时，门铃就响了。

她知道是阿伦。他经常打乱她的计划，故意制造些惊喜，但她从来不敢拒绝他的任何提议，因为想与他共度美好时光的欲望胜过自己的计划。有段时间，她都不想为他开门，如法炮制这些年来他给她制造的这种不确定性，以此来报复他。

她踮起脚尖走到门口，没有发出响动，通过猫眼往外看。的确是他，他正一边看着手机一边等她开门。抛开以往一切，刚见到他时，一股温柔的情愫就如浪潮般占据了她的心。她是如此想他。

她自问能不能不去打开这扇门。单纯作为一个意志游戏，她问自己："假如有人给我一百万欧元，让我离开他，并且不再和他说话，我会接受吗？"这不是一个容易回答的问题。

然后，门开了。

"你看起来美丽极了。"阿伦说。

她没有回答，而是回到沙发上看着他。他关上门，脱下夹克，把它挂在衣架上，然后像在自己家里一样打开冰箱。

"你这儿没有啤酒吗？"他惊讶地问。以前只要一开冰箱，他就能毫不费力地找到自己喜欢的牌子的啤酒。

“为什么这儿要有？”她以一种苛刻的态度反问道，“我已经不喝酒了。”

阿伦像父亲般宽厚而又迁就地微笑，他倒了一杯加了橙汁的杜松子酒，坐到她旁边。在和她说话之前，他看着她，抚摸着她的脸。他知道，用这种方式能将接下来他要说的话的效果最大化。

“你别生气了，人生苦短，不值得。”

西尔维娅迅速擦干了悄然滑下的泪水。

“来吧，到这儿来。”他一把将她拉入怀中。

他吻上了她。在他双唇的摩擦中，她感到激烈的感情快要溢出来。她本已习惯了长时间没有他双唇亲吻的日子。为了保险起见，他们不得不很少见面，她想象过无数种他不在身边的方式，而这已成了她生活中不可或缺的一部分。阿伦这次没有讨论曾经亲吻他并且品尝过他的那个人。

在这漫长而深情的吻之后，这一切又在她大脑中重复了一遍，一个创纪录的吻，一个从未有过的吻，足够在伟大的亲吻史中永远保存的吻。阿伦在她耳边低语：

“我们出去吧，去一家不错的餐厅，我已经预订好了。我想让全世界看到我和你在一起。”

西尔维娅看着他的双眼，想辨别他到底是认真的还是在做戏。

多年来，他们很少一起出去吃饭，即便吃饭，也总是在郊外，因为他不想冒险被朋友或亲戚看到他在和一个不是他老婆的女人一起吃饭。

“你真的订了吗？”她问他。

他笑了：“没有，被你发现了。你也知道，我从来没什么规划。但我想让你跟我一起出去，我们没有什么可隐藏的。”

“但我还没穿出去吃饭的衣服……”

“那就去穿衣服！”没给她反对的时间，阿伦让她去换衣服，然后带她出去吃饭。

爱的疾病

亨利·萨尔瓦多[11]

他们回到家后，她陶醉在幸福中，脸上一直洋溢着微笑。罪魁祸首不单单是她在晚餐时喝的香槟，还有她和阿伦一起走在街上时的那份自由、迎接他的亲吻和拥抱，甚至桌子下的调情爱抚。

他们出去吃饭的地方并不是很高档，就像他说的那样，不过她并不在意。他们去了附近的一家小酒馆，选了一张铺着纸桌布的小饭桌，上面放了一个用旧瓶子做成的花瓶。他们坐在小椅子上，吃着奶酪和馅饼。周围的蜡烛营造了浪漫的氛围，背景音乐里传来艾迪特·皮雅芙的歌声。

和一个一直是“秘密”情人的人公开在一起，这让人有种奇妙的感觉。这些年来，每个人都告诉她，他不会改变的，江山易改，本性难移。但是，什么样的事儿比这样的变化更有意义、更有责任呢？西尔维娅不愿让阿伦去改变更多，像他这天晚上对她做的一样就好。

一进入公寓，他便脱下风衣，把她摁倒在沙发上。

“整顿晚餐我都想着如何吞下你。”他紧紧握着她的手腕，低声说。

西尔维娅觉得一阵温暖的潮湿正向她的身体袭来。

“我要像朝圣者寻找他的庙宇一样，抚摸你的每一寸肌肤。”他低声说，“我要亲吻每块瓦片、每块石头，我将以奉献的方式赢得我女神的青睐。”

西尔维娅觉得有点滑稽可笑，哼了一声。如果他还要再说一两句这样的话，她会觉得更荒谬。然而，对阿伦来说，没有什么比灵魂相契更重要。而且，他说得那样认真，使她再一次努力地去理解话中的含意。

“你是我的女神，我不会再失去你了。今晚我会把自己奉献给你，让我们像火焰一样燃烧起来。”

他的手指熟练地滑进了她的裙子，几秒钟后，西尔维娅像只动物一样呻吟着，完全失去了理智。

阿伦脱去了她的衣服，同时抚摸着她，好像他不止两只手。他喜欢在床上以外的地方做爱，也很喜欢让她身上留下一些衣服去把玩，或者把它们当作可以抓的东西。

他让她翻了个身，开始贪婪地啃噬她的脊背。西尔维娅意识到，他又要在她身上留下印记了，她自问是否有一天她也可以这样做，因为他一直不允许她在他身上留下痕迹。但这种紧张已经结束了，这种坏想法已经消失了，最终，她让自己尽享欢愉。

在笑声中，他再次让她转过身，用双臂将她举起。她任由他抚弄，让自己蜷缩在他身上，仿佛是一只小鸟。她不知道他会带她去哪里，他们会在厨房的桌子上做呢，还是在客厅的地毯上做呢？

令她惊讶的是，他把她带到了床上。他把她放在床单上，疯狂地亲吻着她。接着他起身去拿他的公文包，从里面抽出了几根蜡烛。

“今天将是我们的第一个夜晚。”他转过身来说。

她坐起来，睁开眼睛，脸颊通红，不知道这些话是什么意思。

在点燃了十几根芳香蜡烛后，阿伦回到了床上。他将温暖的双手放在西尔维娅裸露的肋骨上，轻抚着她的乳房。有那么一会儿，他一动不动，眼睛闭着，呼吸缓慢。她叹了口气，因为刚才的爱抚而心绪难平。

与阿伦做爱永远有两面性：激情与神秘。他能够在短短几分钟内从一个神秘的人变成一头粗暴的野兽，回应着她的欲望，这种能力让她疯狂。

阿伦靠着她，看着她的眼睛，然后吻住她，仿佛他们是两个陌生人一般。他的吻令她无法呼吸，接着他开始啃咬她的脖子，他的舌头滑进她的乳房之间，一路往下，直到肚脐以下。

她叹了口气，感受着他给予她的快乐。那一刻，她缴械投降了，忘记了忧虑、恐惧以及对他的怨恨，她觉得自己只是一具活生生的肉体。西尔维娅的双腿颤抖着，即将进入高潮。他停了下来，然后看着她的眼睛，以极其缓慢的速度进入了她的身体。当感到他完全进去的时候，她呻吟起来，有一种完完全全的充实感。

“今晚我不会离开了。”他承诺。

西尔维娅拼命地阻止着眼泪，想让自己不被他感动、不被他动摇。这句话是什么意思？但还没来得及问，阿伦强而有力的进攻就让她说不出一句话来，徒留长长的呻吟声。

当你睡在我身边

伊夫·蒙当[12]

一觉醒来，阿伦还在身边。

这是世上最接近奇迹的事情了：这是他第一次在这里住了一整个晚上，当太阳升起时，他还在她身边。

西尔维娅有一个闹钟，之前总在她起床之前搅了她的清梦。她瞥了一眼闹钟，还有八分钟闹钟才响。她已经从昨晚醉酒后的激情里彻底清醒了，她把它关了，免得它把阿伦吵醒，她想用亲吻和爱抚将他弄醒。

但在做之前，她先仔细地观察着他。

微弱的光线通过窗户的纱布洒进来，照亮了她爱人的皮肤、他棱角分明的脸庞、他放松的表情、他诱人的嘴唇，还有他因为激情而凌乱的头发。

多年来，他们中间一直横亘着无数障碍。每一次微小的进步对她来说都如此重要，她全都深深地印在脑海中。她在脑海中回顾了她与他所有的“第一次”：他第一次仅仅拥抱着她，而不是做完爱后就离开；他第一次承认除了在保护她以外，他也在保护自己，他在她身上感受到了除了性欲以外的东西；他们第一次出去旅行；他第一次使用“我们”；她第一次看到他哭……

每一个第一次都是小小的里程碑，一步一步滋养了她的期望，让她明白（后来证实）原来他也正经历着同样的痛苦，原来他对她的感情与她一样浓烈。这些“第一次”使她有力量继续下去，每一次都是一个小小的胜利。他一点一滴的进步鼓励着她不要退缩。

几个小时前，他们做爱的所有细节都深刻地印在她的脑海里，让她感到疼痛。短暂的性行为让人有种遗憾的感觉：那些时刻永远不可能再有了。没有人为的方式可以永久地保存它，除了让它留在记忆中、烙印在心中。

她把手放到阿伦的小腹上，随着他的小腹一起一伏的振动感觉到温热，这种振动让她感到他并不处在安宁的休憩当中。

西尔维娅甚至还没有把握成为这个男人的伴侣，但她仍旧按照之前计划的那样行事。她经常想象着他们第一次一起醒来的早晨会是什么样子。这并不是理想的样子，因为一个多小时之后他就要去上班了。但为什么不让它像想象中那样呢？她亲吻了阿伦的肚脐，然后继续往下。在完全清醒之前，他就已经开始快乐地哼叫了。

四十分钟后，西尔维娅已经穿好衣服，在厨房里做了个橙汁。这顿早餐一定是这个完美之夜的顶峰。她做好了欧芹吐司，拿出一罐为特殊场合准备的英国果酱，甚至临时准备了几个羊角面包和冰冻的酥皮点心。她感到非常满意。

他们吃着早餐，看到阿伦心情大好地享用着她为他准备的晨间礼物之后，她装作随意地问他的计划是什么。

“你指什么？”他一脸茫然地问。

西尔维娅叹了口气，她宁可刚才自己不要问。如果他能让事情一次比一次容易一点，她并不会少爱他一点。

“你来这儿是为了留在这里吗？”她低声问，声音有点颤抖。

阿伦站了起来，吻了她的额头，说：“哦，我的小朋友，你是多么沉不住气啊。你想把我锁在你的金笼里，是吗？”

她默数到三十，好让自己再听到如此不公和残酷的责备时不再热血沸腾。

“我告诉过茱莉娅，我遇到了危机，我需要花更多的时间一个人待着。她以为我今晚睡在酒店里，这是决裂前的第一步。就快了，亲爱的。”

西尔维娅低下头，感到自己的提问很愚蠢。

阿伦放下了吃到一半的羊角面包，借口说他正在节食，同时拿起夹克说他快来不及了。她说如果他还能再等五分钟，他们可以一起下楼走到地铁口，但是他觉得最好不要。

“现在茱莉娅很警惕我。在公众场合，我们还是越少一起出现越好。”

她笑了，露出假装很不在意的友善表情，然后喝了一口橙汁，一起咽下心中的苦涩。

“我得好好行事，这样对每个人才是最好的。我一秒钟都不会忘记你是我生命中最重要的人，好吗？”

一分钟后，他已不在家里，但他的话余音绕梁。这一次，西尔维娅的笑容是发自内心的。

我不知道，我不知道

米雷耶·马修[13]

她心情愉悦地来上班。在电梯里，她遇到了神秘的萨诺斯先生，他礼貌而不着痕迹地将她上上下下打量了一遍。在其他情况下，如果换作其他男人，可能会令她感到困扰，但他那坦率的黑色双眸中的某样东西，使他的目光显得非常纯净。

西尔维娅决定把它看成是赞美。很明显，早上的性爱会使人看上去更为美丽动人。况且，阿伦也已从她身上得到了满足。她的心头依旧回荡着那些亲吻和拥抱的美好瞬间，那些瞬间历历在目，如此温暖。阿伦让她感到自己是世界上最能勾起男人欲望的女人。

一出电梯，她就看到玛蒂尔德穿着一件风衣，像是电影里的女间谍。

“你是认真的，对吗？”她向玛蒂尔德开了个玩笑。

“要不要看看我口袋里的东西，”金发女郎说道，“有指纹采集套件、迷你型录音机……”

“还有放大镜吧？”

“非常重要，亲爱的西尔维娅。”玛蒂尔德说着眨眨眼。

克洛蒂尔德和她的朋友布鲁内尔德跑到她们身边。她是老板的秘书，大约五十岁，一头秀发自然而浓密，总是穿着自己织的针织衫。

“你们快看，他又来了！”克洛蒂尔德指着刚刚进入勒斯泰因先生办公室的希腊人低声说。

“简直像苍蝇一样，”布鲁内尔德说，“我们必须弄清楚到底是怎么回事。我们已经在好几个月前听到了有关公司可能解散的传闻，要是老板退休的话，这两者一定有联系。”

克洛蒂尔德一会儿看看这边一会儿看看那边，狐疑地说：“我必须告诉你们我昨天的发现，姑娘们。”

四人围绕在桌子周围，克洛蒂尔德从包里拿出一本关于心脏的杂志，打开了用金属夹子别着的那一页，指着角落里的一张小照片。

“这是那个希腊人！”玛蒂尔德尖叫道。

“别那么大声！”克洛蒂尔德冲她说。

“毫无疑问，是他。”西尔维娅低声说。的确，是同一个人。那张照片中，上流人士在参加派对，希腊人侧身站在著名喜剧女演员宝莱特·拉米的丈夫旁边。

那个女人是法国的“国民爱人”之一。二十世纪七十年代，她以幽默的歌舞表演开始了职业生涯，并成为全法国最有娱乐性、最讽刺的谈话节目主持人。她访谈过总统、好莱坞演员，甚至教皇。尽管她作为主持人获得了巨大成功，但她从未放弃过喜剧演员的职业。每年六月，这档节目都会暂停，因为她要回到舞台上表演喜剧，从莫里哀到耶斯米娜·瑞萨，再到尤内斯库。

西尔维娅喜欢这个女人，因为她能用模仿和即兴的笑话让观众捧腹大笑。这样一个熟悉而又令人敬佩的人与神秘的希腊人之间有某种联系，真是奇怪。

“为了找到他，即使去了理发店也没用。干得好，克洛蒂尔德。”布鲁内尔德用甜甜的声音说道。

一位同事出现在走廊上，克洛蒂尔德赶紧藏起这本杂志。

“这件事让我很紧张，”玛蒂尔德低声说，“就好像我们的未来掌握在某个我们一无所知的人手中。”

“嗯，现在我们知道他与上层名流有交集。”西尔维娅补充道。

“我敢肯定，没有什么好事，”克洛蒂尔德嘟哝道，“你们都知道那些有关宝莱特的丈夫的传言吧……”

但她的同伴们并不知道，因为她们并不像这方面的专家克洛蒂尔德那样热衷于翻八卦杂志。她叹了口气，好像在轻微地责备她们的无知，并悄声告诉她们：

“宝莱特是个非常精明的女人，但在挑男人这件事上没有什么天赋，她与那个商人在八十年代发生了一件丑闻。这件事情反响很大，因为他在一家酒店的天台跟一对俄罗斯双胞胎姐妹乱搞，背叛了她，还被拍了下来，这下全世界都知道了。宝莱特虽然没有继续跟他在一起，却把他当作企业家。她有句名言：‘相比那些我还不了解他们的恶习的人，我更愿意信任那些已经背叛过我的人。’”

西尔维娅和玛蒂尔德面面相觑，惊呆了。

玛蒂尔德说：“很有个性啊，宝莱特。”

“她已多次证明了这一点。问题在于，几年前，人们就发现这位商人用宝莱特的钱做着奇怪的生意，而且是并不完全合法的投资。宝莱特说她对此一无所知，但审判之后可能进监狱的反而是她，因为她签署了所有的文件。”

“天哪！”西尔维娅惊叫道。

克洛蒂尔德说：“我认为我们应该换个更加隐蔽的场所继续讨论这个问题。”

西尔维娅和玛蒂尔德默默点头。

布鲁内尔德惊讶地看着她们，说：“这些八卦这么重要？”

几分钟后，她们坐在一家小酒馆里。这家酒馆由于糟糕的食物质量以及卫生欠佳而出名。没有人会想在这里吃午饭，甚至匆匆喝杯咖啡也不愿意。

“我觉得你们会讨厌这个地方的。”布鲁内尔德低声说。

“我们来这里是为了秘密交谈。”西尔维娅解释说。

“所以这个希腊人与那个肮脏的做非法生意的人有关，”克洛蒂尔德说，“他一定是某个黑社会企业家，诱使人们把黑暗的一面变成金钱。”

“直接一点说，就是流氓黑社会。”西尔维娅说。

“我们输了。”布鲁内尔德叹了口气，她害怕失去工作。

“不，我们能阻止它。”玛蒂尔德狡黠地说。

“什么什么？”布鲁内尔德问道。当玛蒂尔德提出她的侦探想法时，她走神了，接下来的话听起来也很难懂。

“情报就意味着权力，不是吗？”玛蒂尔德解释说，“好吧，这两者我们都要取得一点，我们应该找个私人调查员。”

“我们？”布鲁内尔德很惊讶，“像电影里那样？”

“不然你觉得她为什么穿着华达呢风衣来？”西尔维娅指着玛蒂尔德开玩笑地说，“我们这几天一直在想着这件事，好像没有其他选择了。”

“你跟律师谈过了吗？”玛蒂尔德问克洛蒂尔德。

“是的，貌似这是个合法的事情，”她说，“我们有权知道这家公司正在发生的事情，因为我们为公司付出了我们生命中最美好的时光。一旦有了这些信息，我们就可以采取相应的行动，并在必要时将其传递给董事会。”

布鲁内尔德皱了皱眉头。

“我觉得有点过分了，”她坦言，“对于一直对我们很好的人来说，这是一种不信任的表现。”

“当然，勒斯泰因先生一直是位好老板，没有人比我更了解他，我是公司里最老的员工。”克洛蒂尔德说。

布鲁内尔德用一种西尔维娅看不懂的目光打量着她。

“但当人们变老时，”克洛蒂尔德继续说道，“他们的头脑开始用不同的方式思考。他们有可能不再是自己，他们变得激进化、反社会，他们对死亡产生恐惧，变得昏聩……你们看，我的婆婆就是这样。”

“哎，她还没有告诉你什么，你就已经神经紧张了。”布鲁内尔德说，“但老实说，我不知道是否有足够的理由采取这样的极端措施。”

她们回到了办公室，就在这时，勒斯泰因先生办公室的门开了。她们四人赶紧跑到各自的办公桌旁。

五分钟后，希腊人走了，老板办公室的门与往常相反，又关上了。他的秘书萨布丽娜的脸上写满了疑问。

“你们都看见了，不是吗？之前他进来时什么都没带。”玛蒂尔德低声说，带着胜利的语气。

其他人点点头，她们都看到了。在离开勒斯泰因先生的办公室时，希腊人带着一个黑色皮革公文包，就像电影里那样，里面八成装满了钞票，他把它挎在手腕上。

布鲁内尔德叹了一口气：“我想你们说得有道理，姑娘们。我支持你们。”

你听不见

萨尔瓦多·阿达莫[14]

因为最近风声鹤唳，以及她们四个准备聘请一名侦探监视勒斯泰因先生的决定，下班时，西尔维娅仍旧很紧张。她准备去找伊莎贝尔，她是著名的老佛爷百货公司的高管，工作地点距离位于豪斯曼大道上的西尔维娅的公司分部很近。看到百货大楼光辉夺目的玻璃幕墙时，西尔维娅不禁张大了嘴巴。不论看过多少回，她都会被这壮观场面惊艳到。

那里就像家，是个让她放心的地方，不会有什么不好的事情发生。正如奥黛丽·赫本所说，戴着珠宝钻石吃早餐。

伊莎贝尔可以给她很多折扣和内部价，但是很多她都没怎么用。伊莎贝尔总说："这个你拿着吧，我已经有两个了。""他们送了我很多瓶香槟，我都不知道该怎么办。"有时，她因为收到太多礼物而感到内疚，总想着得竭尽全力回报伊莎贝尔。

她还不知道自己是否敢向伊莎贝尔坦陈她又跟阿伦见面了，而且还会继续下去。但为了减轻自己的负罪感，经过一家书店时，她给伊索尔德买了一本新版的《快乐王子》。这本书的插画没有阿伦的那本好看，但有另一种别致的美。故事还是那个故事。

伊莎贝尔给了她一个大大的拥抱："我还以为你不会来的。你情绪不好的时候，总是这么难以捉摸。"

的确，西尔维娅前段时间很糟糕，整个人都消失了，这也不是什么值得骄傲的事情。事实上，这件事使她很内疚，而且只会促进抑郁情绪的恶性循环。听到伊莎贝尔这么说她，她就摆出一副无助的脸，伊莎贝尔不禁笑了起来，把她推进了出租车里。

伊莎贝尔习惯去什么地方都乘出租车，而西尔维娅只有和她在一起时才会坐出租车。她们看着街边的景色。从车窗向外看，这座城市看起来更加美丽迷人。

当她们到了伊莎贝尔家时，伊索尔德给了她们每个人一个大大的拥抱。

"你随意，"伊莎贝尔对西尔维娅说，"我让奥雷里娅准备烩饭。”

西尔维娅打了一个寒战，但幸好伊莎贝尔没发现。多年来，她刻意回避着有关意大利的一切，这样的恐惧不断提醒她：阿伦已经结婚了。他妻子的国籍成为最糟糕的事的象征。每次在生活中碰到与这个达·芬奇所在的伟大的国家相关的东西，她全身都会一阵战栗。

“棒极了，我喜欢。”这些话从她的口里脱口而出。

这让她感到愚蠢至极。她与阿伦的关系已经波及她的正常生活，几乎所有东西跟他有关，哪怕阿伦不再看着为他神迷心醉的情人的眼睛，她都会想着周围的一切是否让阿伦喜欢。整个世界已经成为一比一的地图，企望征服这个不愿被征服的男人。

她摇摇头，不得不赶走那些让她魔障的思绪，好好享受生活。她把这本书送给了伊索尔德，伊索尔德给了她一个无比真诚的吻表示感激，西尔维娅非常感动。她们在桌旁坐下。

去年，西尔维娅在自己情绪糟糕的时候列出了一张清单，上面写着她与阿伦的关系对她的生活产生的所有消极和积极的影响。她花了好长时间，彻彻底底地厘清了，写到最后笔都没墨了。最后，她总结了一下，“好处”那一列有十二项，而“坏处”那一列却有四十二项。即便如此，一旦他打电话给她，她还是像野外的飞蛾般扑上他的网。那份清单，她到现在还留着。

“你又分心了，”伊莎贝尔微笑着责备她，“不要再想那个人了，你被抛弃过几次了？五次？而且每次你都很糟糕。”

西尔维娅讪讪地笑了。也许阿伦确实对她说过五次他们不要再见面了，而她已经厌倦了这种不对称甚至近乎虐待的相处方式。但是大多数时候，她都没有告诉伊莎贝尔。藏着秘密的人，他们的生活只会变得越来越孤单。

“你有典型的过山车综合征，”伊莎贝尔说，“已经不是第一次了。你很长时间看不到他，想念他，并使他理想化，这就是为什么只要你跟他在一起两秒钟，你就觉得真是太好了。在九十九个糟糕的时刻与一个美好的时刻之间，你的大脑把美好夸大了。相比之下，这一瞬间似乎和太阳一样明亮。但事实是，它并没有弥补你痛苦的时刻，而且代价太高了。实际上，它并没有你感受到的那么好。”

西尔维娅向伊索尔德点点头，仿佛说：“在小孩面前，讲这些不太好。”

但作为一名当代母亲，伊莎贝尔却摆摆手消除了她的顾虑，她说：“伊索尔德，你总是在听我们的对话，是吗，小可爱？我对她没有任何秘密可言。”

伊索尔德微笑着。西尔维娅发现她几乎没有吃多少主食，她把米饭弄出来好多。

当她们说完后，伊索尔德回到了她的房间，西尔维娅问伊莎贝尔是否注意到她女儿吃了多少。伊莎贝尔觉得这并不重要，说她不想把一天时间花在喂孩子上，仿佛她是要做成鹅肝酱的家禽一样。

“身体会自己调节。如果你不喜欢吃饭，是因为身体不需要它。”她开心地说。

伊莎贝尔下楼去买东西了，因为家里有个保姆在，消耗比较大。西尔维娅很高兴自己能帮上忙，她去了伊索尔德的房间，帮助她做科学作业。

“我喜欢上我们学校的一个男孩了。”伊索尔德突然说，表情严肃起来。

“啊，是吗？他人好吗？”西尔维娅问，除此之外，她不知道该说什么了。

“不好。他总是侮辱我，说我很胖，叫我‘胳肢窝’。今天我吃三明治的时候，他和朋友们一起嘲笑我，他们都开始模仿我嚼东西的样子，所以我把它扔了。事实是，我们班上的女孩都不会在休息时间吃东西。”

“你不要理他。小孩们只会重复他们在家里听到的东西。你又不胖，你是很匀称的。我不许你变成现在流行的那种骨感女孩，因为时尚总是一阵一阵的……我的外婆说你就像一个小苹果，粉粉嫩嫩、健健康康。”

但伊索尔德没有笑，她说：“我不想做一个苹果。男孩们喜欢瘦子超过喜欢苹果，我想让查尔斯喜欢上我。虽然他说了许多关于我的坏话，但是有时候我发现他在偷看我。”

西尔维娅抚摸着伊索尔德的头发，这不是提供建议的最佳时刻。

“我和你一样，”伊索尔德补充道，“即使那个男孩不喜欢我，我知道他很糟糕，但我还是忍不住喜欢他。这就是我知道你会懂我的原因。”

西尔维娅突然有点眩晕，这个小孩究竟偷听了她们之间多少对话？她本不想这样的，但她已经变成一个情感教育中的坏榜样了。

“这件事你有没有告诉过你妈妈？”

“没有！当然没有！她不会明白的，她不像我们。你没有意识到，为了真正的爱，你必须受苦，就像爱上玫瑰的夜莺，还有金色的王子。”然后她拿起了西尔维娅给她的故事书。

巴黎人群

伊夫·蒙当[15]

耗掉了一下午的自由时光，西尔维娅比平常早了一点回家。门卫并不在岗亭。她觉得很累，想乘电梯，但又想起了目前和阿伦处于新阶段，她还是希望自己的腿部肌肉更强壮一点。

她一离开电梯，就预感到有些地方不对劲，但她不知道到底什么地方不太对。直到她爬了一半楼梯，她才发觉她公寓的大门一半开着一半关着。

她吓坏了，把头伸进家门，不敢进去。

“阿伦？”她不太确定地问。

没有回应。

西尔维娅看着别人家的门，暗自等人出来帮助她，或者问问里面发生了什么。但没有人出来，她只好鼓起勇气进去。她小心翼翼地穿过玄关进入客厅，发现东西都还在原处。

楼梯外面有一丝响动，她跑出去想看看是什么，但什么也没看到。她听到电梯启动了。她的心脏跳得很厉害，甚至有点疼，她惊慌失措，决定飞快地跑下楼，去看看到底谁在电梯里，但这意味着要让她家的门敞开着。她对那个人有种厌恶的感觉。

她到了四楼的时候突然停住了，她听到电梯到了下一层，门开了。她跑到楼梯间的窗户那儿，趴在上面探出头俯瞰大街。她看到一个黑发女人迅速地走出大楼，她的心漏跳了一拍。

她回到家，没有关门，到所有的房间里寻找被人破坏的迹象。如果那个疯女人敢破坏她的房子，她就……然而一切似乎都像她早晨离开家时一样。她看了床下，看了窗帘后面，也检查了每个衣柜的内部。

现在她冷静多了，她鼓起勇气关上门，把猫眼也关上。她做的第一件事就是赶紧打个电话给锁匠，让他立即来换锁。虽然夜间费用会相当高，但她不在乎，她的人身安全才是最重要的。

接着，她看见厨房桌子上还放着她为阿伦准备的早餐，还没来得及清理。那里还有一把阿伦的钥匙，上面有个海豚钥匙圈。

另外，还有一个黄色的信封。她走近它，有点儿害怕。上面什么也没写，因为没有必要，收件人只能是她。

她打开信封，信是用电脑写出来的，用的是标准的印刷字体，上面没有签名。

茱莉娅之前有一段时间就怀疑阿伦对她不忠，还派了一名侦探跟踪他。西尔维娅的恐惧得到证实，茱莉娅写道：“侦探给了我你的地址，还在我那蠢蛋丈夫的钱包里找到了钥匙。”

“我今天对你家所做的一切，与你对我的婚姻所做的一切是一样的。你未经允许就踏进一个地方，企图带走一些不属于你的东西。从第一天起，你的所作所为就给你带来了很大痛苦，你那想要被爱的欲望折磨着你。

“我对这一切已经发生了多久并不感兴趣，我只想让你知道，你休想让我们两个分开。这不是我们第一次经历这种事，我们的婚姻战胜过比这更严重的障碍。

“我希望你变得有点儿自尊心，不要再在那些已婚男人身上寻找爱情碎屑。当然，有一天，你也会找到一个真正爱你的人，而不是一个跟你过了一周，只是在你身上得到安慰的男人。而我希望会有另一个不道德的女孩对你做你在我身上所做的事情。”

西尔维娅的胃开始痉挛。那个女人知道她的一切，她住在哪里，独自一人，什么时候进来，什么时候出门……

这封信是用非常标准的法语写的。有一段时间，西尔维娅通过那个陌生女人的眼睛看着自己，她感到自己非常肮脏、自私、毫无良心，是个典型的破坏家庭的婊子，是个不值得任何人尊重的、没有自尊心的妓女。

阿伦知道她给他的钥匙已经不见了吗？她猜还没有，否则他会和她联系的。

或者不是这样，也可能是阿伦已经意识到发生了什么，却选择不出现。也许茱莉娅已经告诉了他一切，并禁止他打电话给自己，以离婚或更糟糕的事情来威胁他，比如根据自己已获得的证据对他提出诉讼来毁掉他。

还有第三种可能性：阿伦不仅知道发生了什么，而且还以某种方式帮助了他的妻子。他们玩起了一个反常的小游戏，以侮辱他的情人为乐，也许对她的情人也是一样。他们可能花了好几年的时间做类似的事情，来给他们的婚姻寻找一点新乐子。

西尔维娅决定停止胡思乱想。她一生中所有需要吃镇静剂的时刻里，这一刻排在前十。

不要这样哭泣

丹尼尔·吉查德[16]

她强迫自己深吸一口气，让自己冷静下来。她用伊莎贝尔给她的姜和柠檬做了果汁，闭上眼睛服下了镇静剂，思考着接下来该如何做。

要做的第一件事情与阿伦有关，她不知道是打电话还是发短信给他。一方面，听到他的声音会对她有镇静的作用。在那些时刻，他的声音就像一种抚慰，她的身体要求她这样去做；另一方面，她不知道今天的事跟他有什么关联。

当然，这种情况为阿伦与茱莉娅之间的分手制造了新的可能性，如果这真的是他想要的，现在他没有任何借口避免让妻子生气。不幸已经夺走了茱莉娅和她自己。

最终，最少承担恶果且从这件事中全身而退的人，恰恰是那个不忠的、满嘴谎言的人，那个以这么多的方式背叛了她们的人。当然，那个意大利女人也可能会留住他，尽可能地减少对他的报复，对他加倍重视和呵护。

或者，也许她没有对他说什么，而那个懦夫呢，当他意识到钥匙已经消失的时候，可能还以为在哪儿弄丢了，肯定与他妻子无关。茱莉娅将利用他的懦弱把他留在身边，虽然需要一段时间，而他们俩对发生过的事心知肚明，但是他们永远不会谈论这个话题，好像他的不忠以及她的妥协从未发生过一样。

在等待锁匠到来的同时，西尔维娅开始搜索整个房子里可能隐藏的摄像头或录音设备。她没有发现任何可疑的地方，但还是要全面检查一下。她不知道哪里会有这方面的服务，也许是电子设备商店，也许是侦探机构。她觉得茱莉娅跟踪定位她应该也没有任何问题，她得弄清楚这种做法是否合法。目前还没什么大事发生，但如果那个女人精神错乱，想要杀了她呢？她开始回忆，她意识到曾在公寓大楼下面蹲点的那个年轻人八成是一名私人侦探。

另外，虽然这封信是为了伤害她、羞辱她，让她感到不舒服和尴尬，但事实却是阿伦向她描述了一个与写这封信的女人截然不同的女人。更确切地说，他描述的是一个会大喊大叫甚至与他发生肢体冲突的女人。

她有印象，这不是第一次了，阿伦夸大事实。他在自己的描述中加入了戏剧化的手法。或者说得更直接点，他就是一个操纵人的骗子。也许他的妻子不是他所描绘的那样善妒和歇斯底里，也许他们的关系正处于非常糟糕的状态也不是真的，也许他妻子从不想跟他睡觉也不是真的。

之前，在她狂怒的时候，她曾从手机里拉黑了阿伦的号码，这样就不会再接到他的电话或收到短信。接着，她删掉了他的号码。她把一切都删掉了，并为不再记得自己一直存着的这串数字感到庆幸。然而，后来他们又和好了。

这时，她才注意到这个转折点给她提供了一个放松下来的机会。茱莉娅的行为让她感到一丝内疚。头一回，她和阿伦都没有主动行动。也许她渴望已久的转折就要发生了，因为犯错（甚至是犯罪）的人是茱莉娅。

在锁匠换锁的时候，西尔维娅比任何时候都紧张。这一晚，尽管吃了药，她依旧很难入眠，她决定听伊莎贝尔一次劝，去接受治疗。

巴黎民谣

伊夫·蒙当[17]

西尔维娅这一夜过得很不好，她做了许多不安的梦，所有的梦中都有阿伦，他来到她家告诉她，他想和她在一起。但是后来发生了一些事情：他笑了起来，好像西尔维娅是世界上最可笑的人一样，然后他像燃烧的蜡一样消失了。她想说话，但嘴里好像塞满了针，令她窒息，无比疼痛。她非常不快地醒了。

醒来后，一阵痛苦袭来，她摸到手机，想看看有没有阿伦的短信，但什么都没有。她打开电脑，发现没有电子邮件，走到门口，发现门下也没有信封。

出门之前，西尔维娅给伊莎贝尔推荐的咨询师打了一个电话，约在今天下午下班后见面。有那么一阵子，她感觉到自己早已厌倦了每天八点上班、七点下班，下班后精疲力竭的日子，但最终还是接受了这样的生活方式。

那天，神秘的希腊人没有出现在公司。不过，西尔维娅和她的三位同伴并没有停止对老板的阴沉态度与心不在焉发表闲言碎语。无论勒斯泰因先生做什么，或者跟他平常做的事没什么不同，她们都觉得那是最可疑的迹象。克洛蒂尔德非常重视这个，因为她是所有人中受影响最大的。

她说："我约了一位私家侦探在米雷耶的酒吧见面，明天下班后，我们都去跟他谈谈吧。"

西尔维娅点点头，有点分心。她想让她的同伴们别太注意她今天的怪异，做这点事在这个充斥着阴谋气息的环境中应该是相当简单的。可是桌子另一边的玛蒂尔德却时不时地盯着她。

"你今天很沉默。"玛蒂尔德对她微笑着说。

"我只是累了。"她答道，挤出一个微笑。一整天都没有收到阿伦的短信，这种等待中的紧张状态消耗了她一些精力。

下班的时候，她手臂上挂着外套就去坐地铁。之后她来到圣日尔曼德佩区附近，那儿有条美术街，是她最喜欢的巴黎左岸的一条街道。

来到十三号门前时，她惊呆了。这个地方对她来说很熟悉，因为它在巴黎最有标志性的建筑之一 L 酒店面前，是全巴黎最有名的地方，几个世纪之前很多名流望族都在这儿住过。

伊莎贝尔推荐她去咨询的咨询师有可能就住在这里？肯定要花不少钱。最明智的做法是先在前台问一下，看看这里是不是她要找的地方，了解价格之后再看要不要续约。

西尔维娅进了酒店，忽然之间，所有的疲劳都消失了，就像变魔术一样。这里简直充满了魔力，只消踏进一只脚，仿佛就穿越了时空。事实上，虽然她多次路过这条优雅的街道，但从来没有进过这酒店，她十分享受这次经历。

“打扰了，请问欧弗雷泰先生的心理咨询室在这里吗？”她问前台。

一个英俊得让人难以置信的男孩做了肯定回答，并告诉了她房间号码。

西尔维娅爬上这座壮丽的环形楼梯，依旧有种快乐且困惑的感觉。住在这个传奇的地方的人跟街上的路人截然不同。他们的着装，他们的举手投足，他们的自信，他们的国际化气质或是不合潮流的知识分子气质，使得他们都值得被人好好观察。他们每个人身上都有一个有趣的故事。

她来到男孩告诉她的房间，门是半开着的。应该会有人通知欧弗雷泰先生有客人来访。

“能进去吗？”她羞怯地问道，从半开的门向里探头。

这里虽然是酒店的房间，却摆满了书架，书架上放满了书，甚至都碰到了天花板。在房间的另一边，一个魁梧的男人看着窗外，他长长的头发向后梳着。一听到她的声音，他就转过身来，给了她一个温暖的拥抱：

“你一定就是西尔维娅！我终于见到你了！真令人高兴！”

虽然有一丝外国口音，但是这位心理咨询师唱歌般地说着法语，仿佛来自另一个时代。他说：“跟我来看看窗外！这里的视角很特别！”

这个不同寻常的邀请让她有点惊异，她跟着他来到窗前。

“无论怎么看，巴黎总是看起来像它自己，不是吗？”他说道，并用目光审视着她，“无论时间过去了多久，这里的天空总是灰色的，但那种灰色里有着许多细微的色差，如果你仔细盯着看的话。你看那边的街灯如果亮起来，会有微微的光晕。你不觉得有一种神话般的色调吗？”

她觉得挺有道理，她对这个男人的能力感到着迷，因为刚刚发现的这种不可思议的美丽是她之前从未见过的。然而，她自己的这种发现美的能力早已被日复一日的生活消磨殆尽了。不过，这种轻松的状态提醒着她不能忽视一些实际的东西。她说："欧弗雷泰先生，在我开始接受治疗之前，我想知道一下价格，在如此豪华的地方……"

"哦，是的，当然，这是一个与治疗完全相关的问题。为了回答你的问题，我需要先了解一些情况。一条法棍多少钱？"

"什么？"

"一条法棍，正常的价格。"

西尔维娅有点摸不着头脑，但还是说了价格。

"那么一本新书呢？一本口袋书。"

尽管更惊讶，她还是报了一个近似的数字。

"那么一个月的租金呢？一所不算太豪华的市中心的房子的月租。"

她觉得这跟她自己家的情况是一样的，然后就告诉他自己每个月都是还贷款的。

"好的。在这种情况下……让我算一下……每次咨询的价格应该是大约四十欧元。你觉得行吗？"

她抬了抬眉毛，这还不到她预期的一半。这位心理咨询师居然临时报价，真是太奇怪了。

“你通常对每个客户收不同的钱吗？”她问。

“当然了，”他微笑着说，“所有问题都有不同的价格，不是吗？”

西尔维娅笑了，被他的幽默感染了。

她喜欢此刻的感觉，她还没有待上五分钟就感到十分轻松，准备与这个特殊的陌生人开始一场“冒险”。她有太多词想描述他，虽然还没有任何经历，但是仿佛她已经认识了他一生。

“亲爱的，坐到躺椅上来吧。我们有很多要谈的。”

她以为从那一刻起，她大概就要开始进行传统心理治疗了。他会问她关于她过去的问题，她会用一半的真相回答他；然后他会问隐私而敏感的问题，直戳痛处；接着，她会流泪；最后，他们确定可以从哪些地方开始入手了。

然而，欧弗雷泰先生以他优雅的姿态问她：

“你最喜欢读什么书，西尔维娅？我们来谈谈它吧。”

这却是她没有想到的。

狼、鸽子和骑士

亨利·萨尔瓦多[18]

他们谈论着书籍。西尔维娅提到她一直以来的最爱——《呼啸山庄》《包法利夫人》、雷蒙德·哈第盖的《肉体的恶魔》；日本文学她看得不多，如川端康成的《爱与哀愁》、三岛由纪夫的《爱的渴望》……关于每本书，他们都谈了很长时间，因为欧弗雷泰都很了解。

欧弗雷泰先生原本是爱尔兰人，但在法国居住多年。他问她为什么喜欢这些书，西尔维娅对每一本书都有不同的见解。比如，有些书叙述感情的方式很特别，有些书描绘美的方式很特别，而她能感受到与自己不同的人的心灵……

这时，心理咨询师抬了抬眉毛，说："西尔维娅，跟我说说内瓦尔的小说。我相信你已经读过了。"

确实，她对他那些著名的故事很好奇，并对心理咨询师讲了一些自己的反思。

"那本书告诉我为了取悦男人，女人不应该成为她自己。多大的错误啊！但我之前一直都相信这个。"她低下头说道。

"你知道这一点很好，西尔维娅。那些与我们同名的人拥有非凡的力量。我想，有人已经停下来思考绰号在童话故事中的重要性了，比如驴皮公主、灰姑娘、白雪公主……这些女孩的命运已经写在她们的名字上了。"

"我真的很喜欢童话故事，"她承认道，有点不好意思，"我有个小型收藏……"

"那太好了！"他兴奋地说，"让我给你展示一下我的收藏。"他们走到一堆旧书前面。

"除了它们的美丽故事，很明显，它们都有共同点，对吧？"

"几乎都是由女性写的。"西尔维娅说。

"没错。在格林兄弟的童话故事问世一个多世纪前，发明'童话故事'的女人其实是阿尔诺伊夫人。她写了两本精彩的故事书，至今还有人在传诵，虽然很少有人知道她的名字。与她旗鼓相当的是勒普兰斯·德博蒙夫人，她除了是英国间谍的情人之外，还写了《美女与野兽》的最终版本，当然，这也是世界上流传了很多版本的童话故事。阿尔诺伊夫人的故事不是给孩子看的，而德博蒙夫人的故事是为了教育年轻人的。就像夏尔·佩罗的故事一样，但他是鲜有的男性童话作家，被认为是学院派风格，是唯一青史留名的作家。”

“加布里埃尔-苏珊娜·维伦纽夫夫人，”欧弗雷泰先生的手指愉悦地滑过书脊，说道，“还有亨利特·朱莉·德·卡斯特尔诺、维兰登的继承人玛丽-珍妮·哈瑞提、拉福斯夫人、凯特琳·伯纳德……多么美丽的名字啊，就像一束束美妙的花朵。她们充分利用了这宝贵的语言。”

他们再次坐下来，沉默了几分钟。但这沉默并不尴尬，对于西尔维娅来说，反而是舒适的。大家都在想各自的事。

“我希望你能给自己取个名字。”他突然说。

“但是……我已经有名字了。”她说，她有些困惑。

“一个童话名字，一个描述你处在或者你相信自己处在什么状态的名字，一个反映我们必须与之斗争的名字。”

她皱了皱眉头，说：“但我不知道它是什么，至少现在并不是很明确。”

“恰恰如此，才需要这个练习。刚刚它就发生在我身上，但我觉得很棒！”

她喜欢看到他对这个想法充满热情，并希望自己尽全力让他感到开心。

他说：“闭上眼睛，西尔维娅，就是这样。想象你自己在一片幽暗的森林里，到处都是茂密的植物。入夜了，天很冷，由于下雨，地面湿漉漉的，你的脚上裹着一层布，穿着鞋子，脚踝上挂着一根绳子。路上长满了扎腿的荨麻。”

她打了个寒战，这描述是如此真实，她开始感到真的很冷。

“你知道你在找东西，但你忘了它是什么。你也很害怕，心里七上八下的。你现在转过头看看，你在担心有人跟着你，似乎又没有任何人跟着你，你知道是你的过去在追赶着你。”

西尔维娅慢慢进入这个角色。

“尽管如此，你加快了脚步。一只乌鸦在树上啼哭，离你非常近。一个灌木丛忽然动了一下，仿佛里面有一个东西。你现在应该赶紧跑，你处在危险之中。”

她感到心跳得更快了，好像快要窒息了。

“你必须离开那座森林，你必须尽快逃跑。但只有一种方法：必须跨过一条名叫‘死亡’的河流。不要害怕！你认为自己是在什么方向？”

“在左边，”她说，“有一条长满蕨类植物的路，这意味着附近有水。”

“很好，太棒了！去左边，通过那条长满蕨类植物的小路！那些植物体内就有很多水。当你跑向河边时，蕨类植物抚摸着你的双腿，治愈了之前荨麻给你制造的伤口。你似乎看到路的尽头有某样东西闪烁着……就是这样，月光洒在水面上，你在往河边走去。”

她舒了一口气，笑了起来，连自己都没意识到。

“空气中充溢着湿润的泥土的气息，这是一种非常美好的感觉。当你走到河边时，看着自己倒映在河面上的影子，就会知道那个应该被抛弃在脑后的女孩叫什么名字。但你还没到河边，必须继续跑，不然追着你的人会越来越近！”

她感觉到双腿的肌肉在收紧，仿佛她真的在跑步一样。

“快，快！你必须去河边，这很重要！只有这样，你才能离开黑暗的、充满危险的森林。你离河越来越近了！继续奔跑，你为了找到自己的名字要继续奔跑！”

西尔维娅在长满蕨类植物的小路尽头看到了洒满月光的河流。“快到了，还差十步……九步……八步……七步……再过几秒钟，你就会看到你的脸倒映在水中，你就会知道你在这个痛苦时刻的真实姓名……五步……四步……还有几步……两步……已经非常接近水了。蹲下来，看看银色的水面。”

她不知不觉地点点头。在她的脑海里，月光下的河流十分平静，但是她有点害怕看到这面镜子，她担心会发现什么。不过她不得不这样做，否则的话，背后追赶她的人会……

“等一下！在你想象中的河边，你半转过身来，没听到任何响动，没有人追赶你。四周寂静无声，这寂静让人可怕。你独自一人，陷入巨大的孤独中。当你意识到这一点时，你浑身发冷。”

她犹豫着，走近了，望而却步。她看见的景象令她迷惑不解：这就是她自己，但看起来很年轻、很悲伤。她的嘴巴扭曲地闭着，仿佛她已经很久没有和任何人说话了。天上没有一颗星星。

她明白是孤独使她变成了现在的模样。深深的孤独啃噬着她，让她愈加可悲。

“告诉我你的名字，西尔维娅！你想抛弃在身后的一切事物的名字！”

“特里斯黛伊索拉，”她低声说，“我的名字是特里斯黛伊索拉。”

她忍不住流下了眼泪。说出这些词比脱光衣服更令人难过，她发现了关于自己的巨大真相，感到非常羞耻。

欧弗雷泰先生将手放在西尔维娅的肩上，说："没错，这就对了。你做得非常好。你已经学会了如何离开森林，从现在开始，开辟崭新的道路会更容易。最难的事情已经过去了。"

他放在她肩上的手，仿佛羽毛一样轻盈，却给了她很大的宽慰。

"不要以为你已经失去了爱自己的能力，西尔维娅。灵魂的疾病就像身体的疾病一样，需要一点时间进行合适的补救，就这样。很快你就会恢复如常，甚至比之前更好。"

这些话让西尔维娅胃中的某个结打开了，重新塑造了她，让她明白了自己之前那种缺乏自尊的状态。

"现在，亲爱的西尔维娅，只剩一个有趣的部分：找到你想成为的人的名字，你未来的真实名字。当你找到你的名字时，我们的任务就结束了。我们之后还会有其他工作，你能够使自己的心灵和灵魂变得更强大。"

在巴黎的天空下

艾迪特·皮雅芙[19]

西尔维娅平静下来的时候，手里端着一大杯柠檬马鞭草茶。

欧弗雷泰先生还在继续说话：“想象一些事情对你来说是非常有好处的。我认为，你是个优秀的读者，你能深入阅读的文字中，并能沉浸在故事中，与书中的人物建立起真正的友谊。我们来谈谈你最喜爱的书吧，你觉得呢？”

欧弗雷泰先生在治疗开始前问她，之前他们谈论过的所有书有什么共同之处。西尔维娅一本本地回顾，却不知道该说什么。

她说：“所有的故事都有一个女主角，爱情对她们产生了巨大的影响，足以动摇人生……”

“是健康的爱情吗？这些影响是正面的吗？”他问。

她低下头，默默地否认了。

“不是因为作家选中了这些主题而写了那些书……”她反驳道，“大多数书讨论的是失败的爱情或不可能的爱情。”

“这些都是你无意中看到的书，亲爱的西尔维娅，不用担心，这并不严重，它发生在许多人身上。”

又一阵沉默。

“除了这些书以外，我还能知道关于你身上更多的事。”

“啊，是吗？”她好奇地问道。

欧弗雷泰先生看了她一会儿，他的目光明朗而善良，但内心深处仿佛有一种痛苦。西尔维娅想知道他指的是什么。

她被他的这番话给吸引住了。

“这些书中的大多数都讲述了一个令人眼花缭乱的故事，或是一个一见钟情的故事。每天早晨你兴致勃勃地出门，就是希望能发生新鲜事儿。我说得对吗？”

她陷入了沉思。

“有可能是，”她小心翼翼地表示赞同，“我必须换个角度思考。”

“当然，”他说，“为了能让你更好地思考，我会给你布置一个任务。”

接着他走向一个书架，一下子就找到了一本薄薄的书。他说：“给你，我希望你能在下一次见面之前读完它。”

“哦，好吧，欧弗雷泰先生，我下次来的时候还给你。”

“不，你不必把它还给我。这本书是给你的，我希望你可以自由地在上面写写画画，标出让你感到紧张的文字，还有让你觉得很重要的文字，用你自己的想法去完成它。如果可能的话，你会到达最后一页的‘岛’上。当你成功了，我们再进行下一轮对话。”

她想问最后一页上的那座“岛”是什么，但是她不太记得他用来描述这座“岛”的专业术语是什么了，仿佛就像个常用词一样。

他们就此告别了。诊疗持续了近两个小时，她想给欧弗雷泰先生八十欧元，因为他刚才相当于做了两场一个小时的诊疗。但他却带着孩童靠欺骗在比赛中获胜的笑容告诉她，他所说的价格是“每次诊疗”的价格，而从客人抵达到离开算是一次诊疗。于是她付了四十欧元，还想给他其他一些东西，因为他还送了她一本书，但他拉过她的手亲吻了一下，消除了她的过意不去，并告诉她，他会想她的，直到下一次诊疗。

她下楼的时候暗自思忖，自己还没有付清这次的诊疗服务费呢。他的诊所里放着很多书柜，那说明他付了长期房费，也就是说，他会一直住在这个地方。她随意瞥了一眼酒店的房间价目表，不禁想，如此低的诊疗费，得需要做多少次诊疗才能付得起房费？何况这个人甚至不确定要收多少诊疗费。也许这是个不需要钱的慈善家。

西尔维娅微笑着离开了酒店，决定走一小段路去看看河。她走到塞纳河畔，波光粼粼的水面上，倒映着精致的咖啡馆与餐厅。黄昏时分，天空反而有点苍白。

她双肘支在桥上，看向河两边。天色已晚，但她并不感到疲倦。白天所有的疲劳都不翼而飞，她想要自由自在地闲逛、欣赏、体会。就好像早上她还六十岁，傍晚就重回十七岁了。

有时候，当她心情不好时，看到别人成双成对地享受着奢华的夜晚，她就更觉得沮丧了。这不仅提醒着她自己是孤独的，还印证了世间众多的不公正。然而这一刻，她看到同样成双成对的年轻人，他们光鲜亮丽、快乐自在、无忧无虑，也许今后每一天的生活会越来越好，这些就像金色的火花一样感染了她。

看着他们，她的脑海中出现了这样的画面：她觉得自己仿佛坐在一位迷人而又仗义的男孩旁边，和他一起用餐；她穿着简单别致的原创品牌服装，这立刻提升了她的个人气质；她在一个豪华的发廊度过了一个下午，与她的俄罗斯造型师交换了秘密；她的脚泡在滴了几滴香槟的热水里……

“你在想什么呢？”一个声音突然在她耳畔响起，她吓了一跳。

“不好意思，我可能吓着你了……我还没自我介绍，但这不是我们第一次见面了。”他说，有着浓厚的南方口音。

西尔维娅觉得自己的脸颊开始燃烧，她说：“我……事实上是……哦，不……”

“你在勒斯泰因先生的公司工作，不是吗？我在他的公司里见过你，我们最近刚在电梯里见过。”

西尔维娅不知道该怎么回答，深吸一口气。那个男人十分确定地说了这句话，好像十分确定这个站在桥上的路灯底下的女人是他在电梯里见过的女人。他怎么可以这么笃定？

“我叫奥德修斯·萨诺斯。”他说，向她伸出手。

她握了握他的手，不知道下一步该怎么办。一方面，她应该遵循日常规矩，然后打听他是做什么的，为什么要经常去勒斯泰因先生的办公室，这样做可以让他获得什么信息；另一方面，这个希腊人对她的脖颈和脸的强烈关注，使她像一只缩在角落里的动物一样紧张。

“很高兴认识你，萨诺斯先生。但很遗憾，我现在没有时间跟你聊天。下次再聊吧。”

他皱了皱眉头，说：“你为什么这么紧张呢？我并没有什么邪恶的企图，我保证。”

她居然从他嘴里听到了“邪恶”这个词，她觉得他说得太过了。她道了歉，穿过大桥，向前走去，高跟鞋的声音非常响亮。

一个美丽的故事

米歇尔·福冈[20]

到家的时候，她的心依然跳得很快，也许是因为刚才遇到了萨诺斯先生。在那昏黄的路灯下，希腊人变得似乎更加危险了，更利于他从事任何一项非法活动，这很令她不安，但也让他更有吸引力，好像夜晚变成了他的舞台。

她休息了一会儿，寻找着茱莉娅可能来过的任何迹象，但没有找到。她感到很惊讶，意识到不安全感或将持续数日。

她在沙发上躺了下来，感觉这漫长而又圆满的旅程充满了各种各样的刺激。昨晚她睡得太少了，本应该会疲惫不堪，因为一般第二天她需要休息很久才能恢复精力。不过休息了几分钟后，她发现自己没有任何睡意，甚至充满活力、生机盎然。

她倒了一杯白葡萄酒，拿起了欧弗雷泰先生给她的书。书名是《如果在冬夜，一个旅人》，她决定抓住这个好时机开始阅读。

书的第一页上写着：

你即将开始阅读伊塔洛·卡尔维诺的新小说《如果在冬夜，一个旅人》。请放松，并集中注意力，抛掉其他任何想法，让你周围的世界逐渐消退，直到完全消失。关上门会更好。

西尔维娅感到一阵战栗。很奇怪，这本书像是专门为她写的一样，好像她以前就看过它似的。这段文字不像其他的书里写的文字，也许这恰恰是心理咨询师推荐它的原因。

看了几章之后，她明白了这本奇怪的书与欧弗雷泰提到的问题之间的联系：她需要重新开始，而这本书似乎是由各种起点组成的。

她从来没有遇到过这样一本特别的书，所以她情不自禁地读了下去。开头几章就吸引了她，她一下子读了很多页，当她看到最后一页时，已经过了凌晨一点。

她闭上眼睛，感到很困惑。她读这本书的时候，它把她送到很多地方，使她产生了一连串复杂的思绪，既神秘又刺激。尽管如此，她仍然有点失望。

几乎每一本她读过的书，都会使她沿着一条有些崎岖的道路走下去，然后躺在一个装饰得很漂亮的羽毛床上，休息一下。这些书都会有一个封闭式的结局，然而这本书却没有任何明确的结局，没有给她任何答案。

似乎所有的故事都会有幸福的结局或是不幸的结局。然而，这本书的结局并不局限于这两种。这表明世上不只有两条路，而且有许许多多的可能性，正如这本书有很多页、很多读者一样。

也许感情和这本书一样。有些感情不能只用幸福还是不幸来结尾，有很多方式可以让这两种情况中的任何一种发生，有些人会停在中途，有些人会获得幸福，有些人却不会，还有一些人（可能是大多数人）则是喜忧参半。

她听取了欧弗雷泰先生的建议，拿出一支铅笔在书的第一页写上了一句话，这是她一生中反思最多的一句话：

没有什么会像白天与黑夜那样差异很大，没有什么会像它们一样永久反复交替。——歌德她穿上睡衣，卸了妆，刷完牙之后，就想为什么欧弗雷泰先生给了她这本书而不是另一本书。她的脑海里出现了好几种可能性，但没有一种是有意义的。

于是她关掉灯，忽而明白了什么。她意识到一件事，她对阿伦沉迷不已，是因为他总是能不断地重新开始。当然，在每一次重新开始之前，他不得不先给她一个虚假的结尾，而这仅仅是游戏的一部分。

她发现，她痴迷于这些开始是有相应的机制的，而且每一个机制都不相同，而她需要找出这些机制来。就像有些人从不满意家中的装修，或是找不到适合自己的手机型号，他们需要不断地改变。

她对和某人开始一段感情以后的事情感到害怕，因为她担心一个美好的开始之后，等着她的便是单调、乏味。然而，与阿伦在一起是完全安全的，他永远不会让这种事发生。即使他和她真的生活在一起，也永远充满戏剧性的感情桥段。

刚才她读的书，在某种程度上教会了她，摆脱这种神秘的法则是多么容易。而且这本书与她之前看过的其他书建立了一种对话关系。为什么她看完第一章后还接着看了很多？它有什么魔力，让她上瘾了？给她一个“幸福结局”，意味着这本书好看到能让她看到最后一页吗？生活经常给人一个充满诱惑的开始，也可能是一个非常有意思的故事的开始，但是这些故事很少能顺利发展下去，更不用说有一个完美的结局了。这时，自愈的唯一办法就是寻找或构建一个能引人入胜的情节，让故事发展下去。而这件事只能由读者——也就是生活的旁观者来做。

西尔维娅睡觉前，嘴角带着微笑，内心是平静的。

你，对我视而不见

吉恩·莎波隆[21]

她精力充沛地醒来，仿佛这是个夏日的清晨，她正在一个适宜的地方度假，迫不及待地要去探索它。

她洗着澡，享受着每一滴水流过身体。在吃早餐时，她仔细品尝了每一块水果、每一口茶。她浑身自在地去上班了，就像睡了十四个小时一样开心。

当她到了办公室时，才想起把手机落在家里了。她忍俊不禁，这是一个美好的迹象，她对阿伦的痴迷开始消退，欧弗雷泰先生的读书治疗法初见成效。

这一天在她与同伴们的笑声中平静地过去了。她不知道是否要告诉同伴们前一天晚上她看到了那个神秘的希腊人，他认出了她，甚至和她说了话。她觉得最明智的做法是告诉她们，她难以想象自己的话将会引起怎样的轰动。

“他一个人吗？”玛蒂尔德好奇地问。

“他的穿衣打扮如何？”布鲁内尔德问，都没打算等她回答上一个问题。西尔维娅还是按顺序回答问题，而克洛蒂尔德用怀疑的眼神看着她。听着她们简短的对话，西尔维娅不得不告诉她们，其实她以前就曾在电梯里碰到过那个希腊人。

“你在电梯里对他做了些什么，能让他对你留下印象？”

“布鲁内尔德，你在说什么啊？”西尔维娅涨红了脸。这一天，她们非常紧张，等着希腊人的来到。西尔维娅不禁感到一丝轻微不安：希腊人下次来时会发生什么？他会跟我打招呼吗？他会再一次跟我说话吗？

然而，萨诺斯先生一整天都没有出现，四个人都感到有点失望。在过去的几天里，克洛蒂尔德已经采取了预防措施，拍了一些他的照片，以便交给侦探。如果有一些更清晰的照片当然会更好，但不可能再拍到了。

这天结束的时候，她们紧张地收拾起了各自的东西，准备回家。这四个人都觉得公司背叛了她们，尽管她们认为自己所做的一切都是预防措施，都是为了追求更好的共同利益。

当她们到达咖啡馆时，侦探正在等着她们。看到他，西尔维娅觉得自己的心漏跳了一个节拍，这是她和拜亚兹夫人聊天时旁边站着的那个男孩，也就是茱莉娅的私人侦探。她咽了一口唾沫，想让自己保持冷静。他的名字叫皮埃尔，克洛蒂尔德朝他打了声招呼，似乎是认识这个男孩，她还把他介绍给了其他人。她们四个坐在他的桌前。

西尔维娅心想，万一他认出我怎么办？不过他没有，他可能没有注意到她，毕竟他每天都有那么多人要侦察。她舒了一口气，第一，没有任何迹象表明他知道她是谁；第二，令人好奇的是，对于一些男人来说，这些事情是不值一提的，而对于其他人来说却十万火急；第三，她注意到玛蒂尔德和皮埃尔之间有一些超出专业讨论之外的眼神交流。

西尔维娅几乎没有怎么说话，整个对话都是克洛蒂尔德在主持，她怀疑勒斯泰因先生在做非法业务，并向他提供了从那本杂志上裁剪下来的照片，以及她用手机偷偷摸摸拍的萨诺斯先生的照片的副本。

"只有这些，我做不了太多。"男孩挠了挠头，承认道。

"我们知道他的名字，他是萨诺斯先生。"

“奥德修斯·萨诺斯。”西尔维娅说，由于某种原因，自己一直记着希腊人的名字。

其他四个人饶有兴致地看着她。

“有时候你是最神秘的，西尔维娅。”克洛蒂尔德沉思道。

西尔维娅复述了前一天晚上自己和萨诺斯先生的偶遇。那个男孩说，有这些材料就够了。他把自己的电话号码给了这四个人，请求她们如果找到任何其他信息，或者在某个地方看到了这个希腊人，不要犹豫，马上跟他联络。

这几个同谋者非常隐蔽地交换了眼神，然后互相告别。

趁着玛蒂尔德、布鲁内尔德以及皮埃尔出去抽烟的间歇，西尔维娅一边穿着大衣，一边鼓起勇气故作轻松地问克洛蒂尔德，她是从哪里得到的这个侦探的号码。

“我的一个邻居推荐给我的，我们经常在理发店相遇。有时候我们互相交换秘密，她告诉我，多亏了这位侦探，她才发现她的丈夫出轨了。男人真是恶心啊，对吧？你不知道她有多么焦虑。”

西尔维娅咽了一口唾沫，说：“是的，男人真是恶心。”

我自由了

乔治·穆斯塔基[22]

当西尔维娅独自一人时，她不得不在墙上靠一会儿，她感到强烈的眩晕一阵一阵袭来。她不敢向克洛蒂尔德询问关于那个女人的一切，因为太多的好奇心可能引发克洛蒂尔德对她的怀疑。为了让自己平静下来，她说服自己，侦探每周都会接到许多类似的工作，所以克洛蒂尔德的熟人倒不一定是茱莉娅。

但也许是她，也许克洛蒂尔德和她的友谊比她说得更深，也许正是克洛蒂尔德出谋划策帮助茱莉娅给她写了一封令她痛心疾首的信。如果是这样的话，克洛蒂尔德发现她朋友的丈夫的情妇是西尔维娅，她再也不会用以前的目光看西尔维娅了，她对西尔维娅的看法将会彻底改变。如果有什么东西能让克洛蒂尔德愤慨的话，那就是那些杂志上的名人丑闻了，她最不能宽恕的事情就是第三者介入某对夫妇的幸福婚姻。她对这种情况绝不会同情，也不会站在恋人的角度上去考虑问题。而且，这种情况下，理所应当都是女人的错。

是她诱惑了阿伦吗？当然，她尝试过，正如她多年来一直努力取悦其他人一样，但也只有阿伦发现了她的与众不同，只有他被她迷住了，只有他留下来和她在一起了，虽然并不是“只”和她在一起。

也许克洛蒂尔德的强硬和不宽容是因为她从来没有碰到过类似的情况。在她和安德烈成为恋人之前，她几乎没有时间来体验这种事。

对于西尔维娅来说，即便是她多年的同事兼朋友，也永远无法理解阿伦的出现对她有多么大的影响。她经历过一段可怕的日子，曾患过抑郁症，甚至都不想活下去了，经常想到自杀。到了最后，她依旧是孑然一人，形影相吊，而她的大多数朋友都已经稳定下来，包括那些性格古怪、不太聪明、没什么吸引力的朋友，最终他们都能弥补自己性格中的某些缺陷。

那些已经找到了长期伴侣或是有了孩子的人，他们情绪稳定、生活安康，不管他们怎么用心感受，都无法把自己置身于又孤独又倒霉、犹豫不决的状态中。他们根本不知道黑暗的那一面，也不知道孤独和痛苦的最高境界。那些从来没有遭遇过厄运的人，如果让他们来判断单身男女的是非对错，那是不公平的。

她颤抖着双手，拨通了侦探的电话。

“你好！”

“晚上好，皮埃尔。我是西尔维娅，克洛蒂尔德的同伴之一。我们刚刚开了个小会。”

“我知道你是谁，西尔维娅。”侦探说。

她知道了，他在第一时间就认出她了。

“好吧。首先，我想告诉你一些可以忽略的事情，所有你向茱莉娅提供的信息……”

她努力使自己说话的声音保持稳定，告诉他前几天茱莉娅对她做的所有事情。她对他客观地陈述了事实，正如事情发生的那样。结束时，她说：“我不知道侦探向客户提供私人资料是否是一种惯例，但我想你应该会同意我的看法，在这种情况下，这并非一个妥当的做法。”

皮埃尔仔细听完后，说道：“西尔维娅，你还在咖啡馆附近吗？我们私下里聊聊，你觉得怎样？”

五分钟后，他们坐在之前坐过的那张桌子旁边，桌子上放着两杯冒着热气的咖啡。

“我很抱歉，”皮埃尔道歉，“她似乎是个很谨慎的女人，很专注……她告诉我，她想要你的家庭地址，以便用她自己的双眼观察你，把你当成一个人，而不是一个怪物，这会帮助她克服一些障碍。我不知道她是否还有其他的计划……早知道会这样，我不应该给她你的地址的。”

看到他如此不知所措，西尔维娅反而笑了起来，想让他别紧张。她说：“没有你想的那么严重，倒是你的出现把我吓了一跳，不过我不认为她还会再做这样的事。至少，我希望如此。她知道我也有她的信息。”

“你换锁了吗？”

她点点头。

“请让我们的代理来负担这笔费用，这是我们能尽的绵薄之力了。”

听上去很体贴，所以她接受了：“所以，你是有机会了解茱莉娅的。如果我不再担心，你觉得我会做得更好吗？”

皮埃尔咬着嘴唇道：“以我对她的了解，她看起来像是一个挺能自控的人，所以我觉得她不会再干更过分的事情了。就我所知的事情，我得提醒你，她的这种做法是非法的。但是当人们受到威胁时，会做一些违反常理的事情。所以可能是，茱莉娅未来的行动将取决于你和她的丈夫继续保持关系还是就此打住。”

西尔维娅有点尴尬，低下了头，说道：“我不能回答。”

侦探深深叹了一口气，说：“我明白了。我知道这件事情很复杂，特别是这段感情持续了这么多年。”

她很惊讶，她不明白他是如何知道这段感情存在了很长时间的。

他补充说：“我们的黑客趁着阿伦不在家时入侵了他的电子设备，这是经过了他妻子的同意的。”

她感到空气稀薄，喘不过气来，感觉所有人都知道了他们的过往以及亲密无间的对话。她从来没有像阿伦那样使用过狂野、热忱到极点的字眼，也从来没有给其他任何人写过那么多字。

“最后一件事……我想问你是否……”

“你想知道阿伦有没有其他情人，是吗？”

西尔维娅点点头，她的脸颊又红又热。

他专心致志地看着她，目光中充满了同情和悲伤，似乎已经暴露了他要说的实话。

“这次我不能给你答案，西尔维娅。但是，我可以向你保证，也恕我说错了话，你值得更好的人来爱。”

随着时间的推移……

雷奥·费勒[23]

西尔维娅回到家后，皮埃尔的话给西尔维娅留下了深刻的印象，她很少只是从值不值得这个角度去想这个问题，反思与阿伦的这段感情。相反，她是从“想不想要”或“喜不喜欢”的自私角度去考虑的，这实际上掩饰了她那幼稚而可怜的欲望。这其中有一个很大的悖论，那就是可能她想要的是一个她配不上的东西，不管是好的还是坏的。这样的想法表明，在一个备感困扰的世界中，单纯的理性判断并不存在。

从侦探的话来看，他很清楚，他认为西尔维娅实在是太好了——从阿伦能给予她的爱就能看出。然而，她却并不认为自己是个特别有价值或是值得称道的人，而是一场小规模的灾难、一位犯错的专家、一个失败的收藏家。

明面上讲，阿伦的确是一个值得尊重的人，有着不错的工作、非常高的工资以及长期稳定的婚姻。与同龄的大多数男人相比，他还有一副好皮囊——精致的脸部轮廓，像是用晶体塑造的头骨。痴迷于他的女孩们把他视作忠实而又充满理性的记者。反而是她，微不足道的西尔维娅，才不值得拥有这么好的爱情。

但是，她知道皮埃尔的看法是对的。

皮埃尔的假设——阿伦有其他情人，这一点让她心情很糟糕。她当然想到了这个可能性，她完全了解阿伦的身体，比如他很久没有做爱后的身体反应，或者经常做爱的身体反应。有时候她甚至能感觉到他刚和别人在一起过，这让她感到厌烦、恶心，这种失落的感受往往会持续好几个星期，甚至一个多月。西尔维娅一直认为，他们之间距离最远的时候是他与茱莉娅之间的关系稍微缓和的时候，而现在她不知道该怎么去想这个问题。

她决定相信他有过其他情人，她甚至不确定她是不是在他的名单上只排第二名。也许他也会告诉他的其他情人，他爱她们，承诺给每个人一个美好的未来，并答应她们离婚之后和她们一起生活。当然，如果他每个月在每个人身上只花几个小时，他就能拥有很多情人。

她的脉搏跳动着。她拿起盒子，里面装着她与他之间的回忆：一些电影票和火车票、四张卡片，以及他玩一个游戏留下的一些帖子。幸运的是，这些都是纸做的。

她去厨房拿出一个沉沉的锅，把它放在一个打开的窗户边，把这些东西全都放入锅中，在看了最后一眼后，她烧掉了这些东西。几分钟后，它们化成一堆灰烬，但这些回忆没有消失，因为它们已经深深地刻进了脑海中，她可以从头到尾背下来。

一滴滴泪水落在了灰烬上。门铃响了，她急忙把锅藏在烤箱里面。

也许是伊莎贝尔或其他邻居。她在洗手池里洗了把脸，走到门口，想挤出一个微笑来。

但她听到了阿伦的声音："西尔维娅。"

她立刻呆住了，既恐惧又期盼。

"对不起，我没有打电话给你……我在家里遇到了麻烦，问题很严重，变数很大。"

她试着尽量不要发出任何声音，尽管他很清楚地知道她在家——从街上可以看到她家里的灯亮着，在敲门之前，他听到她走进了厨房。

“我需要和你谈谈，以便做出决定，”他继续说，“我不能单独做任何决定。”

她想朝着他大喊，这个责任只能由他自己承担，他早就应该做了。利用她来做决定，只不过是以后可以当作责备她的借口，他也会把婚姻的失败归咎于她。

她不知多少次听他说过他妻子的脾气有多差，他们之间有多糟糕。她花了多少时间扮演一个心理学家，对他表示同情，尽管这是一个啃噬着她灵魂的话题。她忍耐着听他抱怨：他们因为各种小事争吵不休，反反复复出现问题，茱莉娅因嫉妒而对他施暴，并试图控制他……其他任何人，不论是朋友还是陌生人，都会建议他离婚，而她却一次都没有这么建议他。

西尔维娅已经明确表示，如果他离开茱莉娅，她愿意以一切可能的方式对他做出承诺，比如把她的房子送给他。但她没有料到他会中途利用她来做决定，这不是她的能力范围内的事儿，她也不能这么做。

一段时间里，阿伦没有说话，但她仍然能感觉到他的存在。她浑身上下每个毛孔都想要打开那扇门。这一刻，她想扑进阿伦厚实的怀抱，忘记全世界，忘记是非判断。她觉得所有这些概念都不重要了，她只想感受阿伦的爱抚、热情与激情。此刻，他就是最能疗愈伤口的解药。

然而，它只会持续一会儿，然后他就会离开，就像之前一样。她清醒了，告诉自己必须坚强，因为她不能再被他这样对待了，不管她的身体多么渴望，她都不能背叛自己。而且皮埃尔的话在她的脑海里一遍一遍地闪过，就像一段流行音乐一样，挥之不去。

此刻，她必须想象自己是尤利西斯，被绑在船的桅杆上，听着美人鱼痛苦地叫喊。

几分钟后，阿伦说："我给你发了一条短信。如果你改变主意想要看到我，我会在这附近等你。"

听到他离去的脚步声，西尔维娅才能正常呼吸了。她决定看一下手机。阿伦用另一个号码发了一条短信，以确保她收到了。西尔维娅不禁想到：难道他一直还有另一部手机？是公司给配的手机吗？还有，他买了新的手机是为了能再次联系上她吗？与那个人有关的一切都触发了她的偏执想法。她仔细读着这条很长的信息，他回忆了他们在一起的生活片段以及亲密瞬间，那是只有他们两个才知道的浪漫时刻。他用作家般的写作技巧使这条短信似乎更有感染力，感觉比他天鹅般美好的嗓音更有效。

她记得欧弗雷泰先生说过关于他人与自己是镜面关系的话，所以她想先"躲进"她最亲密的朋友的积极形象里。但她不得不成为他们认为她可以成为的强大的人，一个独立而自尊的人。

也许爱只不过是动物性的身体上的愉悦，是一时冲动。如果有比动物性本身更强的东西存在的话，那就是友谊。

与过去常见的情况相反，西尔维娅打电话给了伊莎贝尔，以亲切俏皮的方式向她打了招呼。她们聊了一会儿无关紧要的话题，西尔维娅感觉好多了，好像她的世界逐渐恢复到了正常状态。

“伊莎贝尔，”西尔维娅停了一会儿，说道，“我想告诉你一件事情：阿伦今天到我家了，但我没有为他开门。”

她的朋友沉默了。

“你还好吗？好吧。这很少发生，你知道吗？”

“通常的情况是，我无法抗拒，即使我知道我看到他之后会难受。”

“我为你感到骄傲，这是爱惜自己的第一步。”

西尔维娅同意她的说法。

“每个人都在谈论爱自己，但没有人会告诉你如何爱自己，具体有什么步骤。”

“肯定有很多讲这部分内容的书，”伊莎贝尔开了个玩笑，“我们来看看，亲爱的，这不是很难。你如何向别人展示你的爱？”

这些话让西尔维娅有点意想不到，她说：“呃，我不知道……

关注他，为他花时间，送他一些礼物……”

“和你在一起的人，你怎么向他表达你爱他，并且渴望得到最好的他？”

这是一个非常私人的问题，西尔维娅只能选择部分回答：“爱抚他，倾听他的诉求，拥抱他，告诉他我喜欢他的哪些地方……”

“所有这些都是爱需要你做的事情。听着，给自己一点时间来听听你内心的真实想法、你的精神和身体诉求。花时间做你喜欢的事情，只要感觉良好就行。不要找借口，没有必要取悦任何人。爱抚自己，呵护自己，拥抱自己……”

“拥抱我自己吗？我一个人？”

“当然可以，试试看。当你拥抱你所爱之人——你自己时，你就会把自己包裹在怀里，传达你的所有情感。”

“这是没有用的，如果爱是从同一个地方出发，又抵达同一个地方，你就感受不到它的传播。”

“哦，科学家……爱不像电，爱是一种难以进行量化和测量的东西。当然，你可以且应该让爱从某个地方发出，最终到达那个地方。每次拥抱后，你都会得到更多美好的感情，不是吗？”

“是的，但……”

“你不要这么努力地争论，试一试，你会告诉我结果的。我经常用这种方式提醒自己，我在这里，我值得被爱。相信我。”

西尔维娅点点头，强迫自己微笑。她们聊了一会儿，她答应伊莎贝尔，星期五照顾伊索尔德。伊莎贝尔再次向西尔维娅表示祝贺，因为她终于能拒绝阿伦的请求了。

接着，她打电话给“文学顾问”欧弗雷泰先生，并预约下周四见面。

爬上床的时候，西尔维娅充满了好奇心，想知道拥抱自己是否会奏效。她用手臂抱住身体两侧，那一刻，她感受到了纯粹的温暖和呵护，完全没有紧张或焦虑。她躲进这个温暖的“怀抱”，睡着了。

它被写下了

弗朗西斯·卡布雷尔[24]

“西尔维娅，亲爱的！我真高兴能见到你！”欧弗雷泰先生说道。

她对这位爱尔兰人的热情感到很惊讶。他穿着一件天鹅绒外套，如果穿在另一个男人身上，则很不合身，但他穿着却显得很自然。

“我们有很多要讨论的，首先是卡尔维诺的书，你觉得怎么样？你想要喝杯茶吗？你介意我们一起坐在窗边吗？”

她接过了一杯好喝的茶，是放了豆蔻、茴香和肉桂的印度茶，还加了牛奶。她和他一起坐着面向阳台。

欧弗雷泰先生仔细地观察着路人，有一段时间，西尔维娅担心他没在听她说什么。不过，他的回答很清楚地表明，他不仅听到了她说的每个字，而且已经花时间进行了深思熟虑。西尔维娅羡慕他，即便她说的并不是他的母语，他也能听得很明白，她感到非常放松。

“请允许我祝贺你对这本书做出了这样的结论，西尔维娅。所有看书的人都有一层看不见的面纱，以保护我们免受现实的伤害，有时候面纱太厚，甚至我们都能感觉到它的存在。我知道你刚看完就感觉出来了，这本书中有一种非常深刻的‘文学’伤害，你觉得现实应该屈服于小说里的规则。”

她有点不舒服地摇了摇头。

他继续说：“我们大多数疾病都是自己造成的，所以为了治愈它，我们需要一种能够渗透到心灵最深处、最私密的、最脆弱的地方的工具。有什么比一本书更能深入人的灵魂呢？只有深入灵魂的东西才能清除障碍物，割去腐烂的部分。对于痛苦的恐惧，只有在感受痛苦时才能慢慢消失。今天我们要做一些不同的事情，如果你愿意的话，你可以称之为‘召唤’。但不要害怕，西尔维娅，不要摆出这副表情……我们将向我们不认识的人寻求帮助，我们要对他们的慷慨相助表示感谢，他们会告诉我们，我们心中的怪物是什么。请允许我向你介绍我的朋友——玛丽。”

欧弗雷泰先生一边愉悦地说着话，一边从三角书架上取下了三本古老的小皮革书。

“这些我不能给你……”他微笑着说。

“但我相信你家里有一个复制版本，而且你已经看过好几遍了。我说得对吗？”

当他把书递给她仔细阅读时，她注意到他说的是玛丽·雪莱的《弗兰肯斯坦》。

“这宛如一颗宝石。”西尔维娅低声说道，爱抚着那古老的书籍。

“在十九世纪，书籍通常以各种各样的分卷形式出现。是的，我很幸运能够拥有这宝藏般的古书。所有古书都有自己的魔法，你不觉得吗，西尔维娅？”

她没有回答，她仍然在感受这些纸张特有的触感和气味，就像将手指伸进历史长河中。

“西尔维娅，我们现在需要做的是让玛丽给我们一些建议。她现在不能说话了，但她曾经说过的话就在这些书里，能让我们产生共鸣。所以，让我们去随意地领会它吧。”

“我该怎么做？”她迫不及待地问。

“闭上眼睛，从三本书中选择一本。然后，不要睁眼，翻动书页，直到其中一本好像在向你传达着消息。你必须真正认可与感受它。最后，将食指放在书页上，直到找到要停下来的确切点，那么你就知道你找到了一句正确的话。”

西尔维娅接受了这种神秘的做法，做了一些心理准备，遵循咨询师的指示开始行动。她闭上眼睛，选择了一本，让自己的手变得敏感，感受那种超自然的能量。

她完全沉浸在这种感觉中，几乎没有注意到自己的食指尖端已经停在某个地方。

“非常好，”她听到欧弗雷泰先生说，“没有必要睁开你的眼睛，亲爱的。”

在黑暗中，他的话仿佛画出了一个图谱。听到他用母语说话，真是好极了，他解释着那些文字以及上面的插图想要表达的意思。他的音调有着细微差别，听起来就像按摩一样舒服。

“我喜欢村民们的完美外表，还有他们那漂亮的肤色，但当我在一个游泳池的水面上看到我自己时，我感到害怕。一开始我退缩了，完全不能相信水面上倒映的那个人就是我自己。在我完全相信自己确实是现实中的怪物时，内心充满了沮丧和被羞辱般的痛苦。唉！我还不完全知道这个畸形的模样会给我带来致命的影响。”

西尔维娅知道了这段文字的意思，它描述的是怪物的内心世界。在那个场景中，他第一次看到了自己的倒影，他被自己丑陋的样貌吓到了，他开始明白他为什么被别人毫无理由地拒绝了。

欧弗雷泰先生再次用法语对她说：“可怕的畸形怪物明白，这个可怕的形象就是他自己。”

是的，了解你自己的真相才是可怕的。而西尔维娅意识到了，因为她最近刚发生了这样的事。

“好吧，西尔维娅，你同意我们的朋友玛丽的这段文字吗？”

他的眼睛落在她身上，仿佛能察觉到她灵魂的每一个角落。

她低下头，深吸一口气，谈论这一切并不容易。

“事实上，我能从外人的角度看自己，这是不久前发生的。其他人的观点给了我另一种形象的看法……这是一个属于我的故事，跟我预期得不一样。”

他沉默了，虽然她看不见他，但她感受到他透彻的目光是有“重量”的。

“我有了自己的反思，我已经明白，对于一些人来说，它可能是一个怪物。也许我的内心也有一个怪物，我一直都知道的，除此之外我还有什么理由对我每天见到的人倾诉衷肠？难道要我假装什么问题都没有吗？”

“你伤害过任何人吗？”爱尔兰人用甜蜜的语气问道，充满了无限的同情。

西尔维娅花了点时间想了想，回答：“是的，似乎是。但从另一个角度来说，我没有欺骗任何人……我有点困惑。”

“你允许别人来伤害你吗？”

“是的。”她坦白地回答道，露出不容置疑的表情。

他没有要求她这样做，但是她觉得需要讲一讲阿伦与她的故事。当她说完最后一个字，他们都沉默了。

“欧弗雷泰先生，你现在已经知道一切了。请你告诉我，我是否伤害了某个人？请你告诉我，我是否做错了什么？”

他走近她，把手放在她的肩上：“并非所有的事实真相都镌刻在大理石上，西尔维娅，正如你刚刚问过我一个没有人知道答案的问题。让我们想象一下，这两个都是事实。你犯了一个错误，同时又没有犯错，而你可以拥有这两种想法。今天，你必须像没有伤害过任何人一样行事，而且要在没有这种内疚的情况下恢复状态。但是明天，在一段时间内，你确实会觉得自己伤害了他人这种想法也许更明智些，而且从你伤害自己开始就有了。”

“这不是欺骗吗？”

“当然是，”他笑了，“但这是个合适的做法，因为它会使你变得更美好，从这场危机中解脱出来，未来，它将带你走上一条更为合乎逻辑的道路。”

“所以我真不知道自己是不是一个怪物。”她低声说。

“我们都是怪物，”他严肃地说，“我们都是弗兰肯斯坦。只要有一面合适的镜子，我们朝里面看，我们的真面目就会显而易见。我们都是由不同的东西组成的，有一部分会死去，也有一部分会重获新生。我们都隐藏了一些东西，我们都会躲起来，在许多情况下，我们害怕向别人展示我们本来的样子。但我们也有积极的一部分，通过与自己斗争来保护别人身上积极的部分，这种做法是很常见的。在这种来自内部的侵略中，弗兰肯斯坦这个怪物遭受了很多折磨，他小小的自尊心已经被冻结了。”

西尔维娅集中注意力，听着他的话，并反复咀嚼。她让自己的大脑暂时忘掉与阿伦在一起的激情时刻——这段关系她已经珍惜了许多年，她甚至能够记住那个无与伦比的男人对她说过的每一句话，这些话在她心中留下深深的印记，使她感到轻松、温暖，痛苦不复存在。

“亲爱的，我们那可怜的自尊心，总是有一种无意识地寻求惩罚和责备的倾向。即便是负面的，也有某种鼓励存在。当你探索到极限，当你感觉被遗弃、不被人理解时，你会有种被禁止的感觉。因为你与大众格格不入，所以你失去了行动的权利。而当你无法行动、前进遇阻，当你的翅膀被剪断时，你的偏执就由此开始了。”

西尔维娅完全惊醒了，眼睛睁开了。

“就像所有的怪物身上发生的一样，关键是让自己的情感世界展现出来。马克·吐温说：‘每个人都是月亮，总有一个阴暗面，从来不让人看见。’是的，我们要做的第一件事就是发现自己的阴暗面。这一步，亲爱的西尔维娅，你已经做到了。”

后来她明白了，不再被任何怀疑的阴影所笼罩。说出了这些话的人此时就在此地，他比任何人都要了解罪恶与羞耻，了解那些失去了尊严以及失败了千百次的人。正是因为这样，他才能让她脱离这种境况。

下楼时，她就意识到欧弗雷泰先生没有为下一次诊疗推荐任何阅读书目。她往回走，但门已经关上了。她敲了几次门，但没有人应答，她觉得最好还是不要打扰他了。她觉得这是一件奇怪的事情，因为在这么短的时间里，她也没看到任何人进去或离开。

落雪

萨尔瓦多·阿达莫[25]

到了星期五，西尔维娅到伊莎贝尔的家里去接伊索尔德。

她朋友的公寓处在房价非常高的地段，高到那个地方简直下的不是雨，而是珍珠和钻石。她有三个连在一起的客厅，每一个都粉刷成不同的颜色，但这三个客厅都有着杜伊勒里家族古老而贵族般的样貌。

“西尔维娅！”伊莎贝尔来迎接她，“你不知道我有多感谢你来帮我的忙。伊索尔德一直不停地说她想和你一起度过下午，对吧，小鸡崽儿？”

“妈妈，不要叫我小鸡崽儿，”伊索尔德严肃地说，“我不是八岁小孩了。”

她母亲看着她，被逗乐了：“对对对，你都十二岁了！我可以叫你小母鸡吗？我的小母鸡！咯咯嗒——咯咯嗒——”

伊莎贝尔开始追着她的女儿。西尔维娅已经不再惊讶，怎么才能让一个如此开朗和精力充沛的母亲（有时候似乎太疯狂）去正经周到地照顾小孩呢？当伊莎贝尔抓住了她的“小母鸡”的衣服时，她急忙朝西尔维娅伸出了手。

“我决定好今天下午去哪里了。”伊索尔德说她想去拉雪兹公墓。

西尔维娅看着伊莎贝尔，想寻求她的意见。伊莎贝尔有点不解。

“我想去看奥斯卡·王尔德的墓地。”伊索尔德说。

伊莎贝尔抬了抬眉毛。

“我太喜欢他的书了……和往常一样，是你送给我的，由你带我去见他似乎更合适。”伊索尔德对西尔维娅说。

“亲爱的，”伊莎贝尔说，“你认为一个年轻女孩参观墓地合适吗？你不想去冰激凌店或去溜冰吗？”

但是，伊索尔德已经决定了。

“如果你不认识路，我帮你在网上查过了。”伊索尔德对西尔维娅说，然后递给她一张纸，上面都仔细地做了标注和说明。

伊莎贝尔叹了口气，对西尔维娅说:“我们能拿她怎么办呢？”

“好吧。”西尔维娅说。

伊索尔德笑得合不拢嘴。

当她们到达公墓时，天已经慢慢变黑了。

“很漂亮，不是吗？”伊索尔德叹了口气，“所有伟大诗人的灵魂仍然活在这些雕像中。”

西尔维娅不知该如何回答。她的理性思维阻止了她去相信灵魂和幽灵的存在，但当她走在这条路上时，却冥冥之中感受到了一股神圣的力量。“试图去想它们是没有意义的”，当然这些只是建议上写的。

她们慢慢走着，寻找着墓碑。西尔维娅意识到，尽管在巴黎生活了很久，王尔德是她最喜欢的作家之一，但她从来没有想过去看看他的墓碑。

事实上，她也不太喜欢墓地。在她看来，这种事情有一些愚蠢，且令人不适。当她别无选择只能去参观时，她觉得四周阴风阵阵，令人不安。或许这跟阿伦给她的不必要的建议有关，他总是说这是她最吸引他的特质之一：对超自然的东西非常敏感。他曾对她说：“可惜你并不想开发这些技能，也许你会是一个很好的媒介。”

每次听到这些话，西尔维娅都会感到一阵战栗。她对拥有特定的技能没有兴趣，因为她也不会使用它。对她而言，科学才是人生的立足点。每当这些真理被发现或其中的一部分被暴露出来时，就会给她一种确定性，这是纯粹的真理能给人的极大的满足感。

在奥斯卡·王尔德坟墓的周围，摆满了各种各样的东西：点燃的蜡烛、鲜花和干花、充满爱的信等。出于好奇，西尔维娅打开读了一些——两名英国退休人员在出演《温德米尔夫人的扇子》时坠入了爱河；一位挪威女士写道，奥斯卡·王尔德的书籍挽救了她十几岁的儿子，他曾想过自杀……

一张卡片上写着：“爱情就像一种似乎永远持续着的流行性感冒，但你只需要给它一些时间，让它消退。”

西尔维娅笑了。这张卡片上的话很机灵，她能做的最好的事情就是遵循卡片上的建议，忘记阿伦，不要因为失去而感到痛苦。

她转向伊索尔德，看到她从包里拿出一支口红。

“你要涂口红吗？”西尔维娅问，“我从来没见你化过妆。不过我觉得这支口红的颜色不适合你这么小的年龄。”

伊索尔德笑了。石碑被一个罩子保护着，但并不妨碍小女孩爬上去，在上面留下一个吻痕。

“你在干吗？”西尔维娅警惕地问。

“别担心，没人会发现的。我在网上看到的，说这个坟墓多年来一直被女人们亲吻，直到它被保护起来。这不公平，因为我出生得比较晚，没有机会在上面留下吻痕，不是吗？”

西尔维娅有些担心，时不时地左右看看，看到周围没有巡逻队才放下心来。伊索尔德鲜红的嘴唇露出了满意的笑容，她闭上眼睛，开始为自己最喜欢的作家祈祷。

现在我知道了

让·加宾[26]

天几乎全黑了，电话突然响了起来，西尔维娅看着手机，担心是阿伦，又希望是他。可惜不是。

“你好，克洛蒂尔德。”她打了声招呼，有些讶异，因为克洛蒂尔德一般不在这个时候打电话。

“侦探刚才说，”她非常紧张地说，“他有事情要告诉我们，但是他更愿意自己单独行事，不愿意受委托人的干涉，你觉得正常吗？我跟他以及其他人约了二十分钟后在勒斯海耶街上的星巴克见面。”

“我会去的。”西尔维娅答应道。

她迅速地冲了个澡，脱掉拖鞋，匆匆穿着靴子，穿上点点裙，戴上围巾，就出发了。她把三四件化妆必需品放在小包里，再把它放在拎包里，就是为了能够利用路上的时间化妆。

“请问去哪里？”出租车司机问。

“勒斯海耶街。”

急转弯的时候，司机喊了一声：“请小心你的眼线笔，女士。”西尔维娅叹了口气，如果当时睁开眼睛的话，就不会是眼线笔的错，而是这个在驾驶中急转弯的司机的错。

车驶入了现代化的中心商业区，这个地方有着美丽的小花园和广阔的公共商业区。她叹了口气，想到照片中这个地方当年的景象。不是她反对进步，而是她更喜欢它以前的模样。

克洛蒂尔德和侦探已经坐在桌旁等着她了。西尔维娅到的时候，她的同伴有些焦虑地让这位侦探提前给她们一些资料，但他回答说，既然是她们四个雇用了他，他就不会在其他人没到之前把资料给她俩。

布鲁内尔德来了，裙子下面还穿着睡裤。最后出现的是玛蒂尔德，无可挑剔的容貌，梳妆整齐、打扮精致。她和侦探之间交换了一下目光，没能逃过其余三人的眼睛。

“好吧，既然人来齐了，我想告诉你们我的调查结果。”

“很好，”克洛蒂尔德说，“我为你的速度和效率而感到高兴，我感谢你在这个时刻出现了。这个希腊人是做什么的？”

“他在殡仪服务公司工作。”

同伴们面面相觑，有些困惑：“什么？”

“他是萨诺斯公司的创始人，致力于向人们提供各种各样的服务，尤其是那些快要走到生命尽头的人。他的专长是为生命末期的病人提供生命接受课程。”

克洛蒂尔德脸色变得苍白，西尔维娅咽了一下口水，布鲁内尔德还是像以前一样懵懂无知，并没有完全了解到眼前发生了什么。玛蒂尔德看着侦探的嘴巴，仿佛还没有明白任何从他嘴里说出来的话。

“这意味着……”西尔维娅问。

皮埃尔点了点头，说：“恐怕你的老板——勒斯泰因先生处于癌症晚期了，可能只剩几个礼拜的时间。”

玛蒂尔德和布鲁内尔德一下子回到了现实中，脸上显出一副惊讶的表情。

“不可能吧！”玛蒂尔德惊叫起来。

“可怜的勒斯泰因先生！”布鲁内尔德低声说。

“而我们还以为他会算计公司，让自己从中获得高昂的养老金……”西尔维娅说。

一阵沉默。随后，克洛蒂尔德去了洗手间。

“我们是坏人。”玛蒂尔德说，看着地板。

“不是的，玛蒂尔德。在这种情况下，你们希望知道实情是情有可原的。如果你想让我说实话的话，根据我的经验，事情更有可能会像你们想象中那样发展，而不是现在这种令人悲伤的真相。”

布鲁内尔德摇了摇头，说：“所以希腊人经常来访是在做治疗？”

“没错，布鲁内尔德。这是一种让病人在生命尽头获得宁静的特别疗法，并且治疗师可以设法让事情依旧井然有序。广告宣传中说，这种疗法甚至可以帮助人弥补过去的过错。”他偷偷地把手放在玛蒂尔德的裙子上安慰她。

克洛蒂尔德从洗手间回来了。此时她更加平静了，保持着微笑，虽然她的嘴巴很干涩，眼睛也在颤抖。为什么她会在这样的时刻刻意微笑呢？

忽然之间，西尔维娅懂了一切。克洛蒂尔德微笑，是因为她一直在这么做。她笑着、隐藏着，自发地抿着嘴，仿佛一个隐藏了她的真正心态的无形面具。但她不能再愚弄西尔维娅了。她们是很多年的朋友了，西尔维娅对她的每一个表情、每一个症状都了如指掌。

现在，克洛蒂尔德被击垮了，甚至比她母亲去世时还要崩溃，比对她蹲监狱的侄子撒谎还糟糕。因为她刚刚得知了一个不能再糟糕的消息。

西尔维娅喝了一口茶，以防任何人注意到她的想法。尽管克洛蒂尔德与安德烈有着模范夫妇的称号，但是她却深爱着勒斯泰因先生。谁知道他们过去是不是恋人呢？西尔维娅曾经听到过，但并没有把这个谣言放在心上。谁知道这种感情是否还残留呢？这就是为什么克洛蒂尔德开始调查这件事情，然后还被卷了进去。她怀疑发生了某些很严重的事，但她不知道具体是什么，勒斯泰因先生甚至连她都隐瞒了。

她一生都在批评那些不忠的人，恰恰是为了掩饰自己“非法”的爱情，不管这种爱有没有得到回应。

“那我们现在该做什么？”布鲁内尔德问。

克洛蒂尔德说：“首先是要把侦探的钱给付了。第二个……我还不知道。明天我们就明白了。不管要做什么，今天都已经太迟了。”

她说这话时的难过语气与神态，使得西尔维娅的心脏不禁颤抖起来。

此外，还有……

查尔斯·阿兹纳武尔[27]

萨诺斯先生的公司位于布洛涅森林附近的郊外，西尔维娅花了三个小时才赶到。当她停在建筑物前面的时候，不知道该怎么办。

这一切都是克洛蒂尔德的决定。她打电话给萨诺斯先生，要求约一个时间见面，并派西尔维娅作为公司的员工大使，希望对方能就勒斯泰因的身体状况提供建议，告诉他们该如何帮助他。

克洛蒂尔德不来的决定证实了西尔维娅先前的猜想，她和老板之间的关系可能早就超过了已有的传闻。克洛蒂尔德不亲自来这里，是因为怕自己会失控，于是派她得力的朋友前来。

萨诺斯公司的总部是一个建于十九世纪的丧葬厂，外面停着很多辆灵车，大部分是黑色的，有着古典风格，但有一辆是摇滚吉他的形状，另一辆像被绿草覆盖了一样，还有一辆是白色的，似乎目的地就直接是天堂。

西尔维娅走进大厅，一位友好的前台接待员为她提供了一杯热薄荷茶，而此时萨诺斯先生刚结束了一个会议。西尔维娅手里端着薄荷茶，开始浏览墙上的画以及周围的插花，整个大厅布置得非常巧妙，到处都彰显着不凡的品位。

“您可以直接乘电梯到四楼了。”五分钟后，前台接待员告诉她。

西尔维娅走向了电梯，按下按钮。当电梯门打开时，她看到萨诺斯先生在里面。

“帕蒂诺小姐，”他半带微笑地迎接她，“跟我来吧。”

西尔维娅觉得她的脸颊红得发烫。为什么他们见面的那一天，她表现得那么愚蠢呢？她还以为他可能是个坏人，因而根本不给他说话的机会，也许她仅仅不想和他调情。

当她想到这一点时，她发现自己正在撩着头发，这是她最有诱惑力的姿态了。

“听说你为了弄清我与勒斯泰因先生之间的关系采取了一些非

常规方法。”

“我们对此感到非常抱歉，萨诺斯先生。首先，我谨代表我的同事，向你道歉，因为……”

“没必要，我理解你的担忧。到这儿来，如果你愿意的话，我想告诉你我们是如何工作的。”

在这家公司，他们为每个人的各种类型的问题提出了解决方案，使得病人更好地度过人生中的最后一段时间。萨诺斯先生把她带到一个放满棺木的房间里。每一个棺材都代表了最后一个愿望：有的是个游泳池，有的是辆赛车，有的是架钢琴，有的是老虎机，有的甚至是个巨大的蝴蝶茧形状的东西。

“你无法想象它们能多大程度地让我们的客户得到慰藉，知道他们将在自己所选择的美好地方化身成永恒。这些棺材大多数都是专门定制的。当我们的一名新客户看到他的千禧猎鹰的完美复制品后，猛地哭了出来。我们利用人们在日常生活中培养的感情，让他们在死前最后一段时间内减少创伤。”

“那家人呢？他们不觉得太做作了吗？”

“幽默是一种天然的防御，防御我们的忧虑与悲伤。在我们的许多葬礼服务中，要求专业的喜剧演员参与，有时他们还伪装在宾客中间。”

萨诺斯先生向她展示了餐饮服务的目录，里面有一些葬礼馅饼。他还向她讲述了“最后之旅”服务，使客户能够彻底告别亲人，或选择在理想世界里去世。

“我们格外关注死亡，在它真正到来之前，我们甚至有一个预防自杀项目。”萨诺斯解释说。

现在他们已经到了他的办公室。

他向她讲述了有关这个职业的无数趣事。有一个向他们求助的老妇人说，她不在了之后，她的狗就无人照顾了，她怕狗会被遗弃在大街上，于是他们在公司里为狗建了一个新家。还有一个丧妻的老人，要求把房子里任何有关妻子的东西都处理掉，因为这会不断提醒着他妻子已经死了，令他痛苦万分。但第二天，他又跑回来寻找和妻子有关的东西，担心他们把东西都扔掉了，不过他们并没有这样做。还有一个橄榄球队，为在其场地埋葬其中一名成员申请了许可证，为了争取到许可证，他们还进行了一场激烈的法律斗争。

在跟他聊了一个多小时之后，她感觉好多了。

“现在你知道了，我并不是一个骗子或其他什么，你的诚意与正直，通过来我们公司参观而得到了彰显。我在想，可不可以跟你约会呢？”

西尔维娅有点呼吸不畅，她没想到他会如此唐突地提出这个请求。

她打算开口委婉地拒绝这个请求，然而发生了一件奇怪的事情：她的嘴好像不由自主地闭上了，仿佛一只看不见的手轻轻地从下面推着她的下巴。

她看着萨诺斯先生，他一袭黑衣，表情是平静的，他的身体语言传达了某种安全与信赖。但当他的眼神与她交会时，却显出了某种脆弱与欲望。

在那双深邃的黑色眼眸中，有一束光芒，正在邀请着她，这远非一个约会那么简单。似乎这个男人正在下赌注，好像他在等刚才那个问题的答案，而绝不仅仅是在一家餐厅里吃一顿美味的晚餐。

这一点使她害怕，但是她还是控制住了，没有编出一个合理的借口。这种感觉就像她送给了自己一个罕见的奢侈品。

“好的，”她大声说，“没什么理由不去。”

萨诺斯先生微笑着，仍然盯着她说：“你是个谜团，西尔维娅。我刚才几乎可以肯定，你要对我讲我们上次偶遇时交谈失败的经历。”

她笑了起来，有些尴尬的是他确实提到了一个事实，一个她并不想提的事实。她不知道该说些什么。

“今天我们做些什么呢？”他说，为了缓解当下的紧张气氛。

她的第一个想法是，她还没有准备好去约会，但她不得不承认，其实也不全是这样。当明确得知自己就要和迷人的萨诺斯先生约会时，她整了整自己的衣服。此时，萨诺斯先生走近她，牵起了她的手：“别紧张，西尔维娅，我只想更好地了解你。”

他手上的关节凸起，他身体的自然接近以及他身上雪松与檀香混合的香味，引起了西尔维娅的生理反应，她的呼吸迅速变得急促起来：“更好地了解我吗……可你说话的方式就像是小红帽故事里的大灰狼似的。”

他笑了，然后离她更近了一点，直直地盯着她看：“恐怕狼被误解了。人们很容易把所有责任全部推到狼身上，尤其是在他发出嚎叫的时候。但狼嚎不是我的风格，帕蒂诺小姐。”

他用西班牙语的发音完美地将这个词讲出来。他离她那么近，她很难辨别那迷人的香味是香水本身带有的还是他的男性身体散发出来的。自然与艺术的结合诱惑着西尔维娅。

“我倒宁愿认为你是狼，”他说道，他的声音变得沙哑，像是在耳语，“你就像一只猫一样等待着，即使你叫这个名字——西尔维娅，这代表着野蛮与狂野，让人很容易想象你身处森林深处的样子。”

她看着他。她从未被称过“狼”，这真令人惊讶。他以同样的眼神看着她，仿佛她是世界上最有趣的女人。但是他说她应该是狼，到底是好还是坏呢？她该怎么办？她一直认为自己是猎物，而不是怪物。然而，她最近才发现，也许在她身体里潜藏着一个怪物。

另一方面，她喜欢听别人谈论她自己的名字。在与她约会的男孩中，没有人停下来打量她，或是想一想她名字的意思。这让她想起了与欧弗雷泰先生的第一次对话。

“你有点不耐烦。”西尔维娅说。

“我不否认这一点，因为我的日程表比我想要的要紧。”

他们都笑了一会儿，希望对方能继续说话。

“你喜欢巧克力吗？”西尔维娅抬了抬眉毛。

“这是个会踩雷的问题吗？”

“我知道有个吃巧克力火锅的地方，随时可以把火锅炉端到桌子上。”

他们又会心一笑，然后沉默。

接着，西尔维娅说：“确实，这是一个会踩雷的问题。你知道没有一个女人会对巧克力火锅说不的。”

“他们把草莓、葡萄、鲤鱼、小椒盐脆饼等放在盘子上……”

“那我们还在等什么？”

西尔维娅上了他的车。她喜欢坐进汽车却不知道自己要去哪儿的感觉，因为这种感觉令人兴奋。

“我的工作的一个优点就是，我知道很多地方，不管是国外的城市，还是我们现在所处的这座迷人的城市，”萨诺斯先生说，“而有些时候，去最近的地方反而比去世界另一头更令人惊奇。”

西尔维娅在他讲话时看着他。这些话从另一个人口中说出来，听上去会很冒昧，但他却说得很自然得体。尽管如此，西尔维娅还是开玩笑地问：“你想用你对世界的了解来打动我吗？”

“看上去你似乎并不容易被打动，当然，如果我想尝试的话，我不会使用这种手段……”

他突然大笑起来，好像他刚刚听到了这个世界上最有趣的笑话一样。

“当然了，我当然想给你留下深刻的印象，西尔维娅，因为我觉得你很有吸引力。我不知道如何打破我们之间的冰封状态，我们之间似乎不那么顺利。”

听了这番真诚的话语，她不知道该怎么回答他了。看起来很夸张，他认识到自己被她吸引了，但也很清楚地告诉了她一些事情。

“我从来没有与我在工作中遇到的女人约过会，”他不着痕迹地转变了话题，“我设定了一些边界。但是，你身上有一些特殊的东西……我不明白是什么东西，我没法准确描述出来。我觉得这是你观察世界的方式，你既容易受伤，又很勇敢。”

西尔维娅切换了谈话的主题，开始谈论刚才在车上看到的景象，比如经过的社区景观，企图让谈话的主题不要一下子变得太快。他们正向圣日耳曼昂莱市区驶去。

当他们到达这家巧克力火锅店时，看到一座两层高的建筑，外墙涂成了白色。服务员很熟悉萨诺斯先生，将他们安排在餐厅最安静的位置。

“多么温暖的地方，”她说，“我想这家餐厅有必要保持室内温度的恒定，以便巧克力在最佳条件下达到流动状态。”

“科学思维。”他表示高兴，“令人愉快的事情背后往往有这么多的科学道理，不是吗？”

当他们的巧克力喷泉火锅端上来时，西尔维娅仿佛觉得这个火锅当中潜藏着无穷无尽的乐趣。他们开始探讨各自的乐趣，还说每个人都能用最好的方式享受快乐。

西尔维娅感到很舒适，但又感到很内疚，仿佛这一切预示着她对阿伦不忠。特别是当萨诺斯先生提出对她进行指导时，他的这一请求令她感到无比亲密，甚至比爱抚她的耳朵更让她舒服。

巧克力女人

奥利维亚·鲁伊斯[28]

想给某人一些指导意见，说出这话可能有点令人不舒服，通常需要一段时间，直到那个人习惯于你说话的新方式。不过，奥德修斯（现在，她不用叫他萨诺斯先生了，可以叫奥德修斯了）毫不犹豫地进行了过渡，他心里想着她的时候，总会在谈话间提到她。

“西尔维娅，”他说，“我不知道你的情感史或你现在的情况。你没有戴戒指，而且接受了这次约会，所以我敢说你还是单身。”

她不置可否地点了点头。

“在我们之间发生任何事情之前，”他盯着她说，让她觉得身体发烫，“我想让你知道我不会和其他女人出去寻欢作乐。我想找一个伴侣，一个和我有共同理想的人，这就是为什么只有当我被某人强烈吸引时才会提出约会。”

西尔维娅觉得浑身僵硬，这也太快了吧？这个家伙在第一次约会时就已经在谈论日后的关系了！

他可能注意到了她的反应，因此继续说：“我不是这个意思，我不是说我是那种随随便便就和别人在一起的人。我已经单身三年了，事实上，我可以和寂寞友好共处，这是我的性格。我想告诉你的是，我不想要一夜情、短暂的关系或是彼此没有交心的关系。我生命中最幸福的时刻，就是我喜欢和疼爱的女人陪伴着我，我希望能重温这种感觉。”

奥德修斯如此恳切地说出这些话，像是在与自己的灵魂对话一般，无比真诚。

“这就是你需要了解的最重要的事情。如果你想要一段充满刺激的感情，或者你喜欢复杂的关系，那我不是合适的人。”

他们沉默了。西尔维娅从来没有听过一个男人如此坦承他的脆弱。

“谢谢你的诚实。”她说。

奥德修斯没有要求她说出自己的故事或谈论自己。他们回到科学的话题上，他对西尔维娅的工作非常感兴趣，包括她在实验室里的日常活动。他说，他非常钦佩那些献身于科学研究的人。

他们谈话的时候，西尔维娅看到他脸上的表情很放松，他常常不明所以地微笑，西尔维娅觉得这就是一见钟情。这个男人是需要温情的，但她目前还满足不了他，因为她还爱着另一个人。

通常男人充满善意地站在女人面前，坦露自我，但每次结局都是一样的：他已不再具有吸引力了。

西尔维娅甚至很蔑视男人们的这种无知。他们难道没有意识到自己把期望放在错误的女人身上了吗？他们如此愚蠢，看不出她身上的缺点，看不出她的极端，看不出她和别的男人有一段不正常的关系。

奥德修斯根本不关心她正在经历的事情，开始对她讲述自己在希腊度过的童年、在荷兰度过的青春期以及他的家庭。他出身于一个小商贩家庭，从一家名不见经传的小公司做到了现在，他为自己感到自豪。

西尔维娅试图打破这种尴尬的局面，眼前这个男人如此相信她，而不是只想跟她调情或是掌控她。她和他进展得太容易了，毫无挑战性。相对而言，她为获得阿伦的爱而付出了很多，她为此感到自豪。她做的一切努力都是为了获得爱情，直到确认他也爱她，想和她在一起，然后……

西尔维娅露出了苦涩的表情，奥德修斯问她，自己是否说了某些不恰当的话。西尔维娅甚至都没听清他说的最后几句话，就在她自己的思想中迷失了，她说了一声抱歉，就去了洗手间。

到了洗手间，她看着镜子里的自己，从这个视角中，她看到的不是她自己，而是曾经那个“特里斯蒂伊索拉”。

镜子中的特里斯蒂伊索拉皱了皱眉毛，非常痛苦。她是否已经做出选择，给自己机会更多地去了解这个男人呢？她是否已经对他产生了恐惧与偏见，下意识地抵制这段可能会开始的关系？她为何如此害怕？

“我到底在害怕什么？”她低声自问。

“我们在做决定的时候总会害怕。”特里斯蒂伊索拉的声音在她脑海中回响着，“一些事情变好的速度令人措手不及。你心存侥幸，从一开始就知道这是一段问题重重的关系，因为你没有考虑到责任就做出了选择。每当你开启一段感情时，就没有想过承担任何责任。

“他曾经说过你就像狼一样……这就是他所看到的，这就是他看到的你的生活方式。一只狼意味着什么？为什么不是某种艰难逃生的动物？一些人的生存有时候是建立在牺牲别人的基础之上的。他认为你是狼，是因为他感觉到你受到了伤害，而且这可能会给他带来伤害，如果他决定相信你的话。这就是我想说的。”

西尔维娅深吸了一口气，这些话让她头昏眼花。镜子中的特里斯蒂伊索拉看起来很绝望，像是在历经什么磨难，习惯了孤独，连一句完整的话也说不出来。她仿佛已经缴械投降，放弃了每一刻享受快乐的可能性。

“我不想和奥德修斯在一起。”西尔维娅说。

做出这个决定的时候，特里斯蒂伊索拉从镜子里消失了。西尔维娅看着自己，她迷失了方向，感到困惑，无尽的困惑，但是她还有能力自己做出决定。

她深吸一口气，重新审视着镜子中的这个人，确保她从头到脚都是自己，之后又回到奥德修斯身边。

他对她笑了笑，说：“我刚要问你是否还好，但看起来你似乎更加精神焕发。”

“对不起，我分心了。但跟你约会时我还是会全身心投入的。”

“你吃过这些丸子吗？我不知道它们是用什么做的，吃起来就像沙拉，但跟巧克力混合在一起。”

“请跟我讲讲你的故事吧，我想更多地了解你。”她说。

奥德修斯微笑着继续说他的故事。西尔维娅很高兴，发现他越来越有趣了。不久之后，她也鼓励自己谈论自己的一些事，比如她是如何在巴黎生活的。她向他解释了自己还是一个孩子时，曾对这座城市非常憧憬，如今她生活在这里，才知道现实和理想之间的差异实在太大了。

他也有过同样的经历，所以明白她的意思。他们互相分享了一些趣事和笑话，感觉是已经非常熟悉的朋友。

西尔维娅很高兴重新找回了自己。她最初对奥德修斯的怀疑，并没有影响他对她的吸引力，她感到很高兴。

他问她："你周六有事吗？"

她捋了捋头发，对他的邀约很满意。

"似乎没什么事。"她笑了。

"你一整天都有空吗？"他好奇道。

"嗯……是的。"她在回答之前犹豫了几秒钟。

"那就约上午？我们一起去运动，还是去山上度过一整天？对了，还有星期天呢。"

西尔维娅摇了摇头，说："你说什么？"

"星期天你有事情吗？

"事实上也没什么事，但我不知道这与你要说的……有什么关系……”

奥德修斯的手轻轻地放在她的手臂上，手心的温度穿透了布料，使她整个身体变得暖和起来。

“你愿意花时间和我在一起吗？”

西尔维娅压制着自己的戒备与害怕，她在心里告诉自己，不要接受邀请，她知道自己不想成为特里斯蒂伊索拉。这一切来得如此迅速，多么恐怖啊，这可能是真的，也可能是她的幻想，不管怎样，她最终还是会失望的。可是，她应该给自己一个重新开始的机会。

“是的。”她简单地说。

过了一会儿，他们回到车上，他开车送她回家。她在家门口下了车，他的手沿着她的背部曲线抚摸着她，仿佛临摹着她身体的曲线，这个简单的动作让她叹了口气。现在，她已经没有任何不适了。

她做了一个简单的动作：抬起自己的脚，伸出脖子，用自己的唇寻找他的唇，轻轻地品尝着这美好的瞬间。他含住了她的唇，多么美妙的几秒钟啊！

然后，他将脸埋进她的脖子里，贪婪地吮吸着她的香味，用温热的鼻息包裹着她。她即刻做了回应，吻了他，迷醉的感觉替代了千言万语。

他爱抚了她几分钟，两人默默无言。他的眼中充满了喜悦、温柔以及少许的恍惚，好像她主动亲吻他是个小小的奇迹。

“你看，我说你是狼吧。”他在她耳边低声说，“你是一个扑向手无寸铁的男人的捕食者。”

西尔维娅笑了。她也很喜欢自己的这个吻，这个吻使她消除了对“好人”的偏见，她喜欢这个在他们的关系开始时并不存在严重问题的男人。

“现在，时间到了。”他以一种认真的态度宣布，“星期六，也就是我们约会的那天，我不能来接你。所以，我要给你一张机票，让你和我一起去那座迷人的城市——都柏林。”

带走我吧

巴登·鲍威尔[29]

一切都发生得如此之快。在第一个吻之后，他们之间发生了更多的事，就像香槟里的气泡一样，这让她既困惑又愉悦。西尔维娅答应他去都柏林，没有问太多问题。于是，他们约了星期六早上八点钟在机场见面。

前一天晚上，西尔维娅花了几个小时挑选衣服，整个行李箱里都是完美的搭配，就只为了在国外的某个城市度过两天一夜。那边会有点冷，但她并不介意，一定要使自己看起来很漂亮。

然后，她花了一个小时护理自己的皮肤、头发和指甲。在她偶尔没心情的时候，她把这些看作是与自己无关的事情，但这天晚上她却觉得这些都是与她有关的事，代表了她的性格和情绪状态。她完全与自己的身体相融了，并且也想让他喜欢——这跟他的吻毫无关系。

已经半夜了，为了第二天清晨能够有个好心情，她决定赶紧睡觉。突然，她发现自己心里有一种不愉快、焦虑的声音，这跟阿伦有关。

那声音让她感到不舒服。阿伦的存在不断提醒着她，她不忠、庸俗、不可饶恕。不管她多么努力尝试摆脱自己对他的感觉，但是她内心深处已经形成了一块坚硬而粗糙、如同石头般的疙瘩。她不断想起自己曾经发誓要保护与维持爱情，即便以牺牲逻辑思维、常识甚至自身健康为代价。

西尔维娅哭了出来，被这样的现实折磨着，被许多与阿伦有关的痛苦往事折磨着。那些往事是如此难以忘怀，对她的身体和心灵不断地造成伤害。最后，她暗自决定不去理睬它。她还有个精彩的周末摆在眼前，她还有机会去认识别人。她不会让自己抵触奥德修斯的，她竭尽全力让自己冷静下来。

然而，她知道一切都还摆在那里，那种焦虑感让她痛苦。泪水没有给她带来丝毫缓解，反而在她脸上横流，仿佛要淹没了她。一阵痛哭之后，她放弃了，拿起了手机。然而在她解锁屏幕的瞬间，她的脉搏像是漏跳了一拍，手机掉在了地上。随着一声响，屏幕破裂了，一下子黑屏了。

而这并没有打断她的哭泣，她开始边哭边笑，觉得自己真是愚蠢啊。

看到碎了屏的手机躺在地板上，她的心中反而感到舒缓了许多，就好像命运帮她做出了艰难的决定。

第二天早上，她没怎么赖床，就起来仔仔细细地化妆了。她看起来很美，没人发现她昨晚进行了痛苦的自我斗争。

奥德修斯已经在机场等她了，尽管离约定的时间还有十分钟。这次他没有穿一身黑衣，倒是穿着优雅的烟灰色西装。

“准时是个很好的品质。”她调情般地说。

“我恨不得赶紧到这里来。”他盯着她的眼睛说。

那双黑色眼睛带给她的压力，让她有点承受不住。

“我需要一杯咖啡。”他说。

他们去了机场里的一间咖啡馆，要了一小杯极其昂贵的浓缩咖啡，还点了两块同样小的羊角面包。西尔维娅付了钱，他没有阻止她。这似乎是一个好兆头。她不喜欢那些认为女性一拿起钱包就是对男性进行挑衅的男人。

“你要去都柏林做什么？”她问。

“我要陪一个客户去拿奖。”

“你需要经常做这种类型的工作吗？”

“我的工作是不可预测的。我不知道每个客户有多少时间，所以必须充分利用每次跟他们的见面时间会谈。有时，我必须为一个十几年里都在争吵的家庭解决问题，或者帮一个人写一封非常棘手的信，一页又一页……有一次，我不得不去趟日本，爬到富士山上掩埋遗体。”

“这不会使你感到压抑吗？我的意思是，跟死亡打交道……”

“不会的。反而令我难以理解的是，当人们还有机会求生时却不想继续活着了。我们的任务通常是把一个失去至亲至爱的人从抑郁中解救出来，他们往往已经失去了活下去的意愿。”

“唉，整天都和极度伤心的人打交道，而且他们的伤心还都是有原因的。”

“帮助别人战胜病魔，会让人很有成就感。在我的工作中，有一个奇怪的悖论。我想我就像每天都要面对痛苦与疾病的医生，或者像飞行员，即便他们飞行时极其安全。你知道吗？在这两种人中，有非常高的婚外情和对爱人不忠的比例。”

西尔维娅咽了口唾沫，道：“嗯。”

“这不是都市传说。你离死亡越近，每一秒钟对你来说就越重要，你对自己的身体就越珍视，就越有生命的活力。理所当然，没有比性更强烈的生存刺激了。”

奥德修斯抚摸着西尔维娅的脸。

“身体正在自动寻找比以往任何时候都渴望的生活，肉体明白自己是短暂的，所以往往毫无保留地将自己交付出去。没有比参加葬礼之后更真实、更虔诚的情感了。”

空气中涌动着一股电流。

奥德修斯轻轻地将手指从她的脸颊滑到脖子上，她的脊椎一阵暖一阵寒。

接着，手机响了。他叹了口气，有点沮丧，这一刻不得不被打断。

“看来我的客户已经到了，”他说，“我们必须去见他。”

“当然。”西尔维娅说。她故意用正式的语调说话，掩饰着自己的兴奋。

他们走到入口处，看到了一位老妇人，一头银色长发及腰，身着令人印象深刻的时装晚礼服，这是一条无光泽的黑色连衣裙，仿佛一条蛇从下面爬到脖子上，最后歪斜着咬住了她的耳朵。

那位女士和一个年轻男孩站在一起。当他们转身和奥德修斯打招呼时，西尔维娅忽然意识到这位女士就是著名的宝莱特·拉米。

“我来给你介绍一下，这位是宝莱特和她的助理鲍里斯。”奥德修斯说着，看到西尔维娅脸上显示出疑惑的表情，忍俊不禁。

波希米亚女人

查尔斯·阿兹纳武尔[30]

奥德修斯在鲍里斯旁边坐下来，他们需要在飞行期间敲定旅行时间表。西尔维娅坐在这位颇有魅力的老太太旁边。

“亲爱的，我真高兴能坐在你身旁。我整天和鲍里斯待在一起，有时候我真想和一个真正的女人谈谈话。我不知道你是否明白我的意思？”

西尔维娅抬了抬眉毛。她大概理解她的意思是说这位助理是个同性恋，可以看作不是真正意义上的男人，不过很难判断她是认真的还是在开玩笑。由于一辈子都在讽刺周围所有的事物和人，所以正确的事物和人对她来说并不存在。

“在这段旅途中，我可以对你讲讲我的真实人生。”女演员开口道，“你会听到一个甜蜜而温和的版本，正如我对鲍里斯所讲的那样，但我想尽量把它讲得生动有趣。无论如何，我都想告诉任何想要听它的人，告诉他们我人生中丰富多彩的经历，因为我想让我的传说留在世人心中。”

“不要这么说，拉米夫人。”

“看在上帝的分上，请让我讲讲我的故事吧。我还没有那么老。”

接着，她开始讲她的第一个情人，一个富有的阿尔及利亚商人。他把她关在奥兰的豪宅里，直到她想出了一个逃亡计划——带着三个与她同龄的商人的女儿一起逃跑……

飞机起飞后，宝莱特拿出一个象牙色的长长的打火机，并将雪茄放在顶端点燃。

“打扰了女士，飞机上关于吸烟的规定是非常严格的。如果您不在机舱内吸烟，我将非常感激您的配合。”空姐请求道。

“但我这辈子都是这么做的！”

“女士，很多年前飞机上就不允许吸烟了。”

“是吗？为什么没有人告诉我？”

一些听到此番对话的乘客忍俊不禁。然而，外国旅客却一脸嫌恶地看着这位奇怪的吸烟老妇人。

空姐不是法国人，她没有认出眼前这位是著名的喜剧演员。事实上，西尔维娅也不敢肯定这是一种讽刺漫画般的表演，还是说现实中这个女人对人就是很不友好。

这位艺术家以胜利者的姿态，假装点燃了香烟，但这不过是虚晃一招，让一些从一开始就注意到这边情况的人产生些许快乐，这样的话，这个问题就迎刃而解了。

西尔维娅对她所穿的华丽服装很感兴趣，女演员解释说，这是她的朋友亚历山大·麦昆为她特别设计的。

“还有几天我们就要见面了，可怜的亚历山大。顺便说一句，我第七个男朋友也叫这个名字。他是杜马斯家族的直系后裔，并且像他的祖先一样，成了一名作家，但是……”

拉米夫人的故事始终处在真实与虚幻之间的微妙边界，也许这是她不得不采取的讲述方式。西尔维娅感受到了整个二十世纪里她的所有辉煌、所有矛盾，此刻都在她的身上显露出来了。

“然后是冈瑟，他有个技能是在水下唱歌，也许你想知道这是什么，不是吗？我一开始也很好奇这件事情，但是……”

在讲述中，拉米夫人列举了数不胜数的著名人物的名字，就像是房间号一般，其中有些是意想不到的逸事绯闻的主角。西尔维娅在听她讲述时，忍不住捂住嘴，好让自己别笑出声。

“她在跟你讲马切洛·马斯楚安尼吗？”鲍里斯从后座问道。

“恐怕是的。”西尔维娅说道，笑了起来。

当空乘提供饮料服务时，这位喜剧演员要了一杯通宁水。西尔维娅惊讶地看着她。

“我带着自己的杜松子酒旅行。”老太太低声说，拍了拍自己的包，“我带了在安检中无法检测出的瓶子，这是鲁德尔夫送给我的，他在美国宇航局工作。”

抵达酒店时，她告诉女演员，她觉得这次的旅程实在太短暂了。

“别担心，亲爱的，在回程航班中我会再慢慢告诉你一切。鲍里斯，那个行李箱你不能放在下面！里面有我的马海毛披肩！”

西尔维娅跟奥德修斯站在酒店大厅里，大厅里装饰着很多面巨大的银色镜子，倒映着西尔维娅的样子，这让她想起了那位文学老人关于自我形象的那些话。她鼓起勇气盯着其中一面镜子，以为能够在其中找到一个迷失了方向的绝望女人。然而，她看到的是另一个女人，容光焕发，美丽动人，几个小时前，她还在飞机上不停地爽朗大笑。

“我喜欢从这么多地方都能看到你，”奥德修斯嘶哑地低声说，

“我希望在房间里也有镜子。”

“我们共用一个房间吗？”她问，突然有点不确定。

“有两张单独的床。”他让她放宽心，但在看到她的表情之后，他补充说，“不会发生任何你不想发生的事——我保证。”

由于几次不合时宜的亲吻，使得淋浴时间变得比本来的要长。经过（分开进行）淋浴之后，西尔维娅和奥德修斯约在下午见面，那时他已经陪着宝莱特参加完她的电台节目。

参照城市的地图，西尔维娅参观了河边的主要街道，循着歌声，她又想起了欧弗雷泰先生。最后，她去了著名的梅里安广场公园，去参观她心爱的奥斯卡·王尔德的雕像。

在公园的角落，纪念碑吸引了人们的注意力。西尔维娅在城市指南中得知这座雕像是用半宝石雕刻出来的。这个雕像是一个快乐、轻松的男人，他正以一种舒适的姿态，看着街对面他的家。

她忍不住向他微笑。

在雕像旁边，两个男孩正在谈论着这位艺术家。虽然她不说英语，但她能听懂大部分的对话。其中一个男孩告诉对方，在诸多卷宗中，有一起据称奥斯卡·王尔德的幽灵出现了的案件。有人根据事件中的情节创作出了文学作品，就连阿瑟·柯南·道尔爵士也觉得它是真实可信的，而且认为这就是这位伟大的作家幽灵存在的确切证明。

看着雕塑，听着周围人的评论，她分心了。年轻人离开后，留下了一本书，西尔维娅想跟上他们，把书还回去，但转眼间他们就不见了。

接着，她看到这本书的封面上写着“书籍交换”的广告，这是一个基于互联网的图书交换平台。

这本书的名字是《扼住喉咙》。她那么喜欢王尔德，所以索性坐在长凳上开始读了起来。

真是太好了

伊夫·蒙当[31]

西尔维娅和奥德修斯在酒店的电梯里偶遇了。“这已经成了一种习惯。”他看着她，说话的口气如同贪婪的饿狼。

他们吻得很激烈，西尔维娅的包掉到了地上。他们的身体挤进了这个小空间的一角，一个压制住另一个，如果双方再用力一点，恐怕他们都会呼吸困难。

他们进了房间，倒在其中一张床上。他的双手环绕着她的腰，他们的嘴唇仿佛饥饿了很久。奥德修斯的舌头舔舐着西尔维娅的脖颈，她出于纯粹的快乐而伸直了身体，像只猫一般。

“等一下，这不是按照正确的顺序应该发生的事吧？”她说，她的脸颊很红润，“我们刚才不是约了下午见面吗？对吧？”

他匆匆起身，道：“当然当然，我整理一下，然后我们很快就出发，好吗？”

然而看到他这副样子，西尔维娅不禁笑了起来，她说：“这是世界上最奇怪的情况：如果我们俩住在同一个房间，我们还怎么准备约会呢？都没有隐私了。”

“会失去一部分神秘感，你不觉得吗？”奥德修斯坐在了一张椅子上，深吸了一口气，企望平静下来。

“我们这样吧，”她主动开口道，一边收拾着她的东西，一边想使事情变得容易些，“我去酒店游泳池的更衣室里收拾一下自己，你觉得这样可以吗？”

他点了点头表示同意，她笑了。并不是所有的男人都可以在刚才的激情时刻突然中止，愿意将它留到以后。

游泳池在酒店顶层。在经过磨砂的玻璃墙时，她看见宝莱特正在淋浴，她戴着金丝雀黄的塑料头帽，上面印着碎花纹。宝莱特热情地向她打招呼，她走了过去。

“你也来冲澡吗？这里的水很棒！”

“我没有时间……我得准备约会。”

宝莱特抬了抬眉毛，这是她的标志性动作之一。“你为什么不在自己的房间里化妆？”

西尔维娅咬着嘴唇，她试图想出一个借口，但她太紧张了，不是很擅长编一些令人信服的理由，而且想要欺骗女人似乎并不容易，于是她大致告诉了宝莱特自己的窘境。

“所以奥德修斯和你才刚刚认识？太奇怪了，我总觉得你跟他之间有很多相似的地方。”

“不是，事实上，直到不久前，我还以为他是一个想让我失业的骗子。”

“有趣，真有趣。哈哈，怎么会呢……我在飞机上不是已经告诉了你我的生活了吗？你还没讲关于你的生活是怎样的呢。乍一看，你似乎并不像那种随随便便答应和陌生人一起去旅行的女孩。”

“当然了，我不是那种人。但是我经历了一段相当漫长的困难时期，我想恰恰因为这段时期，才让我和以前不一样，做事变得更加即兴和冲动。”

宝莱特专心地观察着她，好像在拍摄她一样，然后说：“是个已婚的男人，对吧？”

西尔维娅惊讶得喘不过气来。“令人印象深刻。”她承认道。

“真是一个伟大的经典之作：一位漂亮、高效、自律的女孩，在她二十多岁的时候，因为专注于学习，所以没有积极寻找她的金龟婿。而另一方面，某个男人，比如刚刚结束了一段婚姻的男人，或者某个不错的男孩，想要和她在一起，但是被拒绝了，也许是神秘感不够，不足以让这段恋情变成一种冒险。”

“又猜对了。”

“但是另一个不一样的男人出现了。一个……不在好人范围之列的人。他很快发现，在她那个不起眼的外壳下，有一个热情的灵魂，愿意缴械投降，而且他也会小心翼翼，并且愿意做任何事情来留住她，努力经营这段将成为她生命中心的宝贵关系。她真是一个完美的女主角！”

“我被你感动了。”她叹了口气，承认自己失败了。

她觉得自己很笨，很适合那些陈词滥调的故事……但是后来，她感到宝莱特的手臂围了过来，以温暖的姿势抱着她。

宝莱特说：“西尔维娅，让我祝贺你。也许你还没有注意到，你认为奥德修斯将会成为你的下一次错误。但是我已经看清了这个世界上的一切，我只需稍微看上一眼，就能知道这个人的心。他将是拯救你的男人。”

她非常震惊，无法回应宝莱特的这段严肃的话。

“那我们还在等什么？”宝莱特问，“我们去酒店的美发店吧，我请你。”

三十分钟后，宝莱特切换着三种语言冲着这家美发店里的发型师们发火，大骂他们不合时宜的要求和他们的低俗笑话。就在这时，一个光芒四射的西尔维娅出现了，甚至连西尔维娅自己都无法认出酒店大堂里有着银色框架的镜子里的女人是谁。接着，她遇到了穿着浅色西装的奥德修斯。

“你真是比雅典娜女神还美。”刚一见到她，奥德修斯就说道。

听到他用自己的母语说话，她觉得耳朵有点儿发麻。他的声音似乎变了，当他用母语说话时，声音好像更真实了，如同摘除了自己的面具，更有希腊酒神的有趣品质。

她说：“我在高中只学习了两年希腊语，你刚才提到了雅典娜吗？”

“我说你比雅典娜更漂亮。”他回答。

其他任何男人说出这种话，都会让人觉得此人过时且油嘴滑舌。然而，奥德修斯说出这种话来，却十分自然，而且令人信服。

“既然我们到了都柏林，我们也应该去一去那些花哨的酒吧，吃一吃当地的特色菜，喝一喝黑啤。我建议做一些不太寻常的事情。”

西尔维娅笑着答应了。在进了几家酒吧后，他们最终选择了一家菲律宾餐吧，店里放着音乐，他们要了一份三层的冰激凌吃了起来。

他们谈论着一切，喝了点饮料，因为一些愚蠢的笑话开心地笑着。西尔维娅从未感到如此轻松。

“我经常观察女人们，好让自己不在她们身上犯错误。但你给我的感觉是，你也常常观察周围的男人们，却在他们身上犯错误。你追寻的男人都是那些可能伤害你的人。”

西尔维娅低声嘀咕了什么，最后承认道：“可能是吧。”

“如果我说错了，你就骂我好了。”他低声说，“但我看出来了，你还没有从伤害你的人那里抽离出来……我仍然能感受到那个人的存在，从你身上的气味、你脆弱的眼神、你的一举一动都能看出来，这表示你还是不自信。”

她没有回答，喝了一口椰子代基里酒。显然，这就是所有人都在揣测她的生活的一天。

“我们换个话题吧，你觉得呢？有些过去并不太想去回忆。”

奥德修斯的眼睛不住地打量着她，像是专家似的。他说：“好吧，那就换个话题，正如你所想。我一直在想，我是否应该和你一起睡觉，和你一下子拉近关系，这样也显得我很愚蠢。”

“哦，真是出乎意料。”她说。

“我相信，”奥德修斯继续说，“你如果和我一起睡了，对你来说，摆脱之前的一切是非常有效的。而且，越早越好。”

在我身上住着两个女孩

西尔维耶·瓦尔坦、弗朗西斯·哈迪[32]

整个剧院里，激烈的掌声来回震动着。宝莱特微笑着走上台阶，同时向摄影师们挥着手。

在前排的观众席上，西尔维娅卖力地鼓着掌，她从未觉得这么快乐过。宝莱特是她最喜欢的女演员之一，而且她们居然能成为要好的朋友。如果这还不够，就在昨天晚上以及今天上午，她已享受到她一生中最完整和最满足的激情时刻。

最亲密的时刻发生在他第一次说出她的名字时。她的名字被他那样定义出来，从全新的、与众不同的嘴里念出来，那古老的名字仿佛蕴含了新的奥义。奥德修斯天鹅绒般的声音，拆分音节的方式，使她感觉自己像是另一个她从未见过的性感、神秘而又有趣的女人。

掌声停了下来，观众凝神聆听宝莱特发表简短演说。所有的目光都聚集在宝莱特身上，趁此机会，奥德修斯将手伸向西尔维娅的座位，亲密地按住她的手指。她觉得她可能会习惯这只手以及他非凡的灵活动作。

“这些天，”宝莱特以流利的英语说道，“我得以有机会反思了一下，我觉得我那有些被遗忘的才华是多么重要。喜剧演员们喋喋不休，其实才是观众们所期望的。我们说啊说啊，说得嗓子都干了。相信我，等你们到了我这个年纪，才会意识到唾液是多么有价值。”

底下传来了窃窃私语声。

“但是，如果没有人倾听，那么这样的言辞就没有用了。多么美好的句子！然而，如果没有这么慷慨的人，我们说的这些话都是没用的。非常感谢亲爱的西尔维娅，她提醒了我这一点。”

宝莱特向西尔维娅的方向抛来一个飞吻，摄像机立刻聚焦到这边，奥德修斯没来得及抽出手来。观众再次鼓起掌来，西尔维娅被一系列矛盾的情绪所冲击着。一方面，受到宝莱特的尊重与赞赏，她非常荣幸，也十分高兴，这让她觉得自己很重要；另一方面，她对阿伦感到非常内疚，担心他会在电视上看到这个画面，看到另一个男人握着她的手。她颤抖着，想要驱走那些愚蠢的、不适的想法。她为什么要对一个已经和另一个女人结了婚的男人忠心耿耿呢？

当摄像机镜头离开时，奥德修斯转向她，吻了上去，她有些勉强，而他也注意到了。

“你没事吧？”他低声问。

“我没事，只是有点意外。”这个节目继续进行着，但西尔维娅突然感到一阵彻骨的寒冷。奥德修斯看上去专心致志且魅力非凡。但他们回到巴黎后，事情会怎样进行呢？他会打电话给她吗？他们之间还没有任何承诺，也没有任何要求彼此忠诚的形式。其实他们什么都没有，尽管这段时间他们来往很密切，但他们还没有发展成“我们”。

她以前也发生过这样的事。她年轻的时候，那些男人一开始表现出极大的热情，然而热情消失得也很快，有时甚至无须第三者出现。

典礼结束后，他们四个人通过后门离开剧院。一辆出租车在外面等着他们，里面已经装好了行李，直接把他们送到机场。西尔维娅从来没有过这样令人激动的经历，她亲身体验了那些富商名流的高级生活方式。但是，她的心情也变了，因为从此以后她再也不能以同样的方式享受这种生活了。她脑海里有一块卵石，上面刻着阿伦那让人觉得苦涩的名字。

在返程航班中，奥德修斯想坐在西尔维娅旁边，西尔维娅向宝莱特道歉，因为无法听完她的故事了。宝莱特给了西尔维娅一个拥抱，并邀请她去自己位于皮凯耶的公寓。

“我可不会放过你，西尔维娅。鲍里斯，拿一下我的行程表，我们要看一下约在哪天见面。”

这一天过得很漫长，在某种程度上，简直令人精疲力竭。宝莱特很快在座位上睡着了，像加拿大的伐木工人一样打着鼾。而鲍里斯习惯性地把耳塞放在耳朵里，继续仔细看着《国际大都会》杂志。

“你累了吗？”奥德修斯问道。

“是的。”她回答。

“我们几乎整夜没睡……”他喃喃地、暗示性地说，“不过事实上我很惊讶，在你脸上什么也看不出来。”

“没什么，”她说，有点羡慕奥德修斯展现出来的充沛精力，“我有黑眼圈。”

“你很漂亮。”

再一次地，由于他说话的方式，这些最庸俗的话都变成了令人沉醉的情话，带着他的温暖和诚意。

西尔维娅觉得，也许是时候提出她之前一直在想的一些问题了，但是她又放弃了。她不想问他们之间已经发生的事是否意味着彼此要对对方忠诚，她甚至不认为他们会频繁见面。这一切来得太快了，她不想让自己看起来像是典型的焦急单身女青年——好像她们总是在绕着同一样东西打转。

与其问奥德修斯这些问题，不如放任自己在他怀抱里。她想让自己放松一会儿，享受着温暖与保护，并努力驱走之前的想法，以免破坏了这一刻的美好。

奥德修斯在她耳边说："有人说，人所做的一切决定都是由爱或恐惧的冲动引起的。按照这种说法，人类的行为没有其他动机了，没有任何情感或反应不能被归结为这个原则。"

西尔维娅专心地听着。

"我想告诉你的是，我希望我对你所做的一切决定，是我和你一起受到爱的激励而做的。我也很乐意，如果你可以为此做同样的事情。"

"好吧。你说得不是很具体，不是吗？"她问，还在等着某种承诺。

“我想算是具体的了。”他说，“我不希望你和我在一起是因为害怕孤独，或者是因为害怕不能忘记另一个人。”

他们沉默了。

幸福

艾迪特·皮雅芙[33]

生活中有很多中彩的方式，其中一个就是保持心情愉悦，甚至在周一早上去上班都是满心欢喜的。

前一天的愁云惨淡完全消失了，她不在乎奥德修斯没有说清楚他们之间的关系。重要的是，她已经能够和一个不是阿伦的人在一起了，而且每一秒都很享受。无论他打电话给她还是不打，在都柏林的两天都是一份馈赠。

她每天一遍一遍地想这些事，当她进了公司大楼，还是无法克制想要在电梯里偶遇奥德修斯的强烈愿望。在那个小小的空间里，能偶遇简直是太棒了。彼此看看对方的眼睛，什么也不用说。

她能闻到他身上的香味，甚至在她出电梯时他还会碰碰她的手指。这样的短暂接触是可能发生的，在他拜访完勒斯泰因先生之后，他还可能向她使个眼色，让她跟他到大楼顶层去。想着想着，西尔维娅撞上了大厅的玻璃门。她胡思乱想，所以走路分心了。

但电梯里没有发生偶遇。事实上，奥德修斯一早上都没有出现，整个下午，她也没听到任何关于他的消息。下班后，她去买手机，做的第一件事就是将奥德修斯的手机号码添加到电话簿中，但他没给她打电话。

西尔维娅整个晚上都在家休息，读着她在奥斯卡·王尔德的雕像旁边发现的那本书，她简直陷入这本书里了。在这本书里，除了诗歌、幽默的故事以及一些侠义的人物以外，故事情节发展得很快，还对邪恶有着有趣的反思。据作者介绍，每次有人把另一个人当作伤害对象时，都是因为他自己缺乏能力，或愿意让自己处在另一个人的位置上，这样他就会变得像那个人一样。

西尔维娅停了下来，想起了阿伦把她当作一个只能发挥某些特定功能的对象，而且想出了好几个例子。当然，她也想出了一些其他的例子，比如她想让他弥补缺点，或是给她她渴望得到的东西，但他并不愿意去做。

读完之后，她给欧弗雷泰先生留了言，预约下一次见面的时间——虽然欧弗雷泰先生并没有推荐她这么做。她立刻就收到了一个信息，欧弗雷泰先生将时间定在两天之后，也就是星期三下午。

她喝了一碗清汤，闭上双眼，一直不停地等待着奥德修斯的来电或者信息。也许这只是让阿伦离开她的一种方式，不过还挺管用。

星期二，她也没看到奥德修斯，不过她并没有在意。她工作的时候发现自己很想逃出写字楼，去跑步，认真地跑步，直到身体觉得受不了了。所以回家之后，她穿上红色跑鞋，做了做日常的热身运动，就开始往街上跑去。

她去了卢瓦尔河，看了看大屏幕上正在放的电影。独自一人在大屏幕上看电影，是她长期以来享受不到的奢侈活动。不过这部电影她并不想看。接着，她继续跑，想去拉比耶特公园，但又忽然改了主意，去了教堂大道，打算前往蒙马特。这是她第一次来巴黎找工作住的第一个区，她外婆伊娃的家就在这儿。

西尔维娅开始回忆起来：

她记得外婆和她的五只猫。“我是个奇怪的人，亲爱的，真的很奇怪。我知道，这就是我必须住在巴黎的原因。在西班牙，人们见到我都会批评我。”外婆的话里混杂着西班牙语和法语。

西尔维娅的母亲埃琳娜在巴黎度过了童年，后来她决定和外婆分开，跟外公去了西班牙。西尔维娅很不理解为什么在这样一座令人眼花缭乱的城市受过教育的一个女孩，会想要回到西班牙。但对于埃琳娜来说，西班牙一直是适合度假的地方，漫长的夏天，亲密的女朋友，善良淳朴的男孩子，就像她父亲一样。外公曼努埃尔从来没有在法国感到舒服过，不像外婆伊娃。事实上，他们每个人记忆中的西班牙似乎是完全不同的地方，一个是监狱，一个是天堂。“巴黎给了我生命，我的小可爱，你不知道西班牙当时是多么可怕。”外婆伊娃说。

在几个月前，她把所有的精力都耗费在找工作上。她睡在外婆小公寓的客厅里的床垫上，这才亲眼见到她在生活中很少见到的这个神秘的女人。关于外婆的形象，她只是从村里的一些女人那里听到的：她喜欢纸醉金迷的法国，不想照顾自己的女儿，是个自私的母亲。她毫无原则，不讲道德，生活轻松，还有个好丈夫……

但事实是，伊娃在巴黎的生活一直很简单。外婆每天都艰苦地挣扎着，自学到深夜，从不妥协，最终才得以在银行工作。她的丈夫，也许是在学语言方面不够努力，一辈子都只是个建筑工人。

“我离开西班牙，是因为政治家们不让我们好过，在那里没有自由，我不得不走，而且政府从我身上偷走了那么多东西，我没有工作。你也好，他也罢，其实大家都一样。他们很多人都离开了这个像沙丁鱼鱼刺一样的国家。”

西尔维娅停了下来，调整呼吸。她已经到了蒙马特附近，停在了外婆住了近四十年的房子前面。现在，阳台上挂着一面很大的同性恋旗帜，她挺开心，因为她的大多数朋友都是同性恋。

这里刚刚下了一阵适宜舒心的毛毛雨。因为十八区处在一个有名的丘陵上，当湿度达到一定程度时，山中的石头会闪闪发亮，看上去十分美丽。整个区似乎有一种博伊姆所描绘的灿烂时代的感觉。

小时候，她的外婆就给她描述了一个童话般的巴黎。但只有当她真正了解了这个城市时，才会明白这座城市里也潜藏着艰难困苦的一面，她梦想过的地方的房价击败了她。即使独自一人，外婆也喜欢生活在一个自由的国家，怡然自乐。

她很庆幸能有这样的外婆，她发现她俩有很多共同之处，外婆一直在祝福她。每次想起来的时候，她都很感谢外婆。

笼子里的爱

鲍里斯·维昂[34]

“亲爱的西尔维娅！”欧弗雷泰先生一见到她就喊道。

这次他穿了一件非常少见的天鹅绒长袍。

“我也很高兴见到你。”她笑了，“事实上，这个周末我想起了你，因为我去了都柏林。你家在爱尔兰什么地方？”

“有利菲河边上的一个城市。我求求你，西尔维娅，告诉我一些最新的消息吧。自从没有机会回都柏林之后，那里一定发生了很大变化。”

欧弗雷泰先生很激动，声音有点颤抖，这让她感到惊讶，给她的感觉就是他真的很久很久都没有回过爱尔兰了。

“好吧，事实上，我只花了几个小时在市中心走了走。我去了欧孔奈尔街，逛了一下街上所有的酒店和酒吧，然后过了你说的这条河，去了三一学院……”

为了满足欧弗雷泰先生急切的倾听欲望，西尔维娅尽最大努力精准地描绘着对那座城市的印象。她回忆起走在街上的路人们的外表、天空以及河流的颜色，她还讲到了街头的旧货市场以及那座雕塑。

“太美妙了……西尔维娅，你讲得太好了，你非常注意描绘细节……”

当她讲到菲律宾餐厅以及里面播放的音乐、多彩的甜点时，他忍不住笑了起来。他说：

“我向你保证，当我还在那儿的时候，根本不会发生这样的事情，西尔维娅！但这就是生活需要历经的过程——更新，重生。如果是巴黎，这座光明之城，经历了这样的变化，我又怎么能对美丽小巧的都柏林的变化熟视无睹呢？”

又聊了一会儿之后，“文学治疗”就开始了。

欧弗雷泰先生说：“我今天想和你谈谈女巫。你最近读过关于女巫、巫术之类的书吗？”

“嗯，事实上，的确读过，是偶然间读到的。我在都柏林发现了一本书，昨天我刚刚读完。”

“这本书是关于什么的呢，西尔维娅？”

她从包里拿出那本《扼住喉咙》，真精彩！没有比用这本书来谈论这个话题更好的了。

欧弗雷泰先生说：“特里·普拉切特的书中出现的女巫是我最喜欢的。有时候，一个偶然事件也会使事情变好，不是吗？”

西尔维娅点点头，不再去想她发现的那本书，还有那个把她带到那座城市的人。奥德修斯来到她的生活中也纯粹是个意外。

他们谈到了读过的书、看过的电影中的女巫，甚至是认识的所有女巫。

“我认为把女巫作为个人身份的标志是一种很好的想法。在上一次见面中，我们谈到了镜子，谈到了我们如何被其他人看待，对吧？那么，现在我们要进一步知道自己是谁，而不需要依靠镜子或是他人。”

西尔维娅思索着欧弗雷泰先生所列举的各类女巫的品质，意识到宝莱特认识她们中的许多人。她是一个非常自由的人，总是做自己喜欢做的事，但也始终不干扰他人的自由。她不会让自己感到恐惧或是压抑，也不会让自己说的话、心里的那种罪恶感来妨碍自己做任何事情。有时候她会停止探索，不再满足自己的欲望。

事实上，在漫长的一生当中，宝莱特每一秒都在做她自己命运的主人，而西尔维娅却始终充满疑虑，从而做出错误的决定。

“我想我见过一个女巫。你知道吗？她只需要看着我，就能知道关于我的一些事实。”

“那你就尝试尽可能多地像她一样吧，西尔维娅。你能帮自己个忙吗？你不能退缩不前了。”

欧弗雷泰先生的眼睛闪闪发光，他那十足的魅力给了她一种跟他在一起的每一秒钟都无比珍贵的感觉。她感到很幸运，他和她一起共度了这段时间。

“我答应你。”

“非常感谢，我很高兴，你无法想象这个承诺对我来说有多么重要。一个星期后的这个时间，我们还在这里见面，行吗？你可能在滥用自己的许诺，但我希望你确保自己会来，无论发生什么事情。”

“无论发生什么事情，我都会来。”西尔维娅笑着说。

我答应你

约翰尼·哈里戴[35]

西尔维娅回到家中，手里拿着欧弗雷泰先生的“处方”（他赠送的书）——马塞尔·艾美的《穿墙人》。第一个故事的标题也就是这本书的名字，它讲述了一个男人在某天发现自己可以穿过墙壁，于是决定利用这个能力去干别的事情。这是一个有趣的寓言故事，巴黎人都非常喜欢这个故事，他们在蒙马特公墓附近找了个地方，专门为这个人建了一个雕像。欧弗雷泰先生为什么推荐她阅读这本书呢?

她瞄了一眼手机，奥德修斯没有打过电话，也没有发来任何消息。她已经三天没有收到任何他的消息了。

当她继续往下读时，门铃响了起来。

西尔维娅的身体立刻僵硬了，她有种不祥的预感，觉得是茱莉娅。不过后来她意识到还有一个人比那个意大利女人会给她带来更多的恐惧，那就是阿伦。

“开门啊，亲爱的，”他在门外说，“我离开茱莉娅了，现在只是你我两个人了。”

她感到一阵眩晕，她想让自己冷静下来。她还没有准备好，还没有……一切都太快了，现在就要她来拒绝这几年来她一直爱着的男人。

她拿起手机想打给奥德修斯，但拨通电话前，她忽又想起了他的话：“我不希望你是因为害怕不能忘记另一个人而和我在一起。”她觉得，如果打电话给他，就是在背叛他，因为在某种程度上，她只是把他当作一个利用的对象。

“我们终于可以幸福地在一起了，”阿伦用天鹅绒般的嗓音说道，“我们终于可以享受仅仅属于我们两个人的全部时间，这是只属于我们俩的时刻。”

西尔维娅恍恍惚惚地听着阿伦的话，好像这些话并不是对她说的，好像这段话是某部老电影中的一个情节。他说话的方式中有某些东西令她难以忍受，甚至厌恶，同时也有一些东西深深地感动了她。

她唯一确定的就是她不再相信他了。在他口口声声说离开了茱莉娅的时候，她并不觉得他说的是真话，因为这根本不符合他的性格。

手机震了一下，吓了她一跳。西尔维娅多么希望是奥德修斯的短信，不过，却是茱莉娅的：

首先，我要为擅自闯入你家而道歉。阿伦是个糟糕的丈夫，这不是你的错，也不是我的错。我厌倦了忍耐，所以我决定这次不再忍耐。我想他会去找你的，因为他从不知道该如何一个人独处。我并不推荐你收留他，但如果你想的话，你可以跟他待在一起。我不会做任何事来阻止这件事，也不会再打扰你了。

保重！

茱莉娅

当她看到这些话时，感到既内疚又愤怒，甚至耻辱。她呆呆地站着。她不想让那个女人知道她的电话号码，她讨厌阿伦又一次对她撒谎，告诉她是他主动离开那个女人的。

然而，愤怒之后，她意识到这条短信意味着她一直等待多年的那一刻终于到来了。熬过了这么多年，忍受了这么多痛苦与折磨，她曾经多少次做梦都梦到过这一天，为了这一天，她曾在无数个寂寞的夜里唏嘘……没有搞错，没有误会，没有痛苦，茱莉娅终于同意了！

也许阿伦是一个笨拙的骗子，但他毕竟是她曾经爱过的人，他现在正在门口乞求着她。他爱她。这件事为从今往后的一切事情创造了可能性，他们也许会从合理的起点开始一段健康的关系，可以以成年人的方式自由地恋爱。也许这足以改变一切，解决一切问题。

“宝贝，”阿伦说，“你还记得我们在圣米歇尔山的时候吗？那时候很冷，你只穿了一件薄薄的雨衣，最后我脱下了我的外套，快要被冻死了的人是我。但是当你微笑的时候，只要看着你，我就备感温暖。我还记得，沙滩上有好多好多螃蟹，我们在一家小餐馆里吃了晚饭，还喝了两瓶葡萄酒……”

西尔维娅点点头，一脸怀念地笑着。自从他们建立关系之后，这次旅行一直是她一生中最美丽的经历之一。

“有时我们会偶然在剧院碰到，我和一些朋友去的，而你是和伊莎贝尔还有她女儿一起去的。我们在剧院看到对方后，并不说话，而是在漆黑的走廊上亲吻，直到我们喘不过气来。”

阿伦继续如数家珍地回忆着这些往事，这是他生命中最为重要的经历。他的声音十分动情。她确确实实喜欢他，他也确确实实离开了茱莉娅。她不在乎他们俩之间发生了什么。现在，他真真切切地站在她的门口，乞求她开门。

西尔维娅站了起来，走向门口。然而，她忽然听到了欧弗雷泰先生的声音："你不能走回头路了。"

她吓了一跳，停下脚步，环顾四周。她觉得自己亲耳听到了这个声音，而不只是回忆里的声音，但四周并没有人啊。她感到一阵内疚，觉得不过才几个小时，她就违背了自己对欧弗雷泰先生的承诺。

也许事实并不是这样，给阿伦开门并不是"回头"，而是承担她该有的责任。如果这是她更为成熟的选择，那么她就应该承担自身行为和欲望的后果吗？她多次告诉过他，她爱他。如果她违背了所有这些承诺，那她又是个什么样的人？

她开了门。

"我带了鱼子酱，可以当晚饭。"他恶作剧般地笑着。他知道她会开门的。

这是她一直想听到的话。当她看到他时，她的心都融化了，如此柔软。他用不确定性和恶作剧般的眼神看着她。

她意识到自己有多么想念他的气味、他的外表、他的存在。她也相信自己是可以找到替代品的，然后活在一个虚假的世界中，但事实是，没有人能像他一样再唤醒她身上那么多的感觉。

“我会让你快快乐乐的，”他说，“我保证。”

算了！一切都表明，这些诺言不会在未来兑现的。西尔维娅对自己这个消极的想法感到非常震惊，她让自己沉浸在阿伦的拥抱和宠爱之中。然而，每次当她闭上双眼，都会想到一个名字：“特里斯蒂伊索拉”（孤独而悲伤）。阿伦的陪伴并没有阻止她忘记这个名字。

老恋人之歌

雅克·布雷尔[36]

办公室的事务每天都是千篇一律，只是偶尔看起来不一样罢了。当然，这不是办公室的事务变了，而是西尔维娅自己变了。

“你看起来状态不太好，”玛蒂尔德说道，“你昨天睡得好吗？”

“事实上并不好。”西尔维娅喃喃道。

确实，她半夜都没合眼。

到底发生了什么？她应该很高兴才对。最后，阿伦回到了她身边，和她一起过了夜。他们以后再也不会有任何障碍了。她有点感激生活中曾经存在过的紧张、烦躁、多疑，仿佛她在等待着不幸降临，仿佛她从此不再信任阿伦。

另一方面，奥德修斯的消失让她很焦虑。她已经答应过自己，不会让这个人的离去影响自己。毕竟，在一个疯狂的夜晚之后，回到这个状态是再好不过的，不管这中间曾发生过什么，都要不留痕迹。他对她没有许下任何承诺，也不必承担任何责任。如果她看到了他，也会表现出应有的教养和善良。

她试图改变这个状态，这时她注意到了容光焕发的玛蒂尔德。

她说："你该告诉我你的小秘密了，为什么每到周四你都会显得容光焕发？"

玛蒂尔德用手捂住嘴，说："这是个没有含金量的秘密，因为我很幸福。你还记得皮埃尔吗？"

西尔维娅皱了皱眉，花了几秒钟的时间想起了这个名字。

"那个侦探！"她大声说。

"嘘！"玛蒂尔德请求道，快要笑死了，"我不想让整个办公室的人都知道。"

"你们在约会吗？"西尔维娅小声问。

"是的。"她使劲地点着头。

西尔维娅因为没有显得像她那么开心与兴奋而感到内疚。她唯一能够说的是：

"好吧，那你以后可不能出轨了，否则他立马就会抓住你的把柄。”

玛蒂尔德笑了起来，说：“你在说什么蠢话！如果我知道自己会出轨，那我就不会和他开始了。”

“我开个玩笑罢了，美女！你们俩能在一起我很开心。”

“我也很开心。”玛蒂尔德看着空气呆了几秒钟，顺便问道，“你知道关于布鲁内尔德的事情吗？她一整周都没来了。”

“我不知道她发生了什么事，”西尔维娅说，她太沉浸在自己的情绪里了，没有发现现实世界中发生了什么，“我们去问克洛蒂尔德吧。”

接着，克洛蒂尔德告诉她俩，布鲁内尔德扭伤了脚踝，想用自己织的针织绷带固定住骨折部位，结果颇为悲惨，现在在鲜花环绕的家里养伤。

“实际上，她所需要的不是鲜花，而是一双舒适的鞋子。”一向喜欢买实用性服饰的克洛蒂尔德抱怨道。

“一整周都没来的人就是那个希腊人了。”玛蒂尔德说。

克洛蒂尔德叹了口气，说：“是啊。老板也因为他不来而感到郁闷，但我不敢问。”

西尔维娅觉得那天的上班时间变得很短。尽管没有太多的工作，但她仍然多待了一个小时，整理了一个根本没有任何用途的数据库。

当她回到家时，在门卫那儿发现了阿伦的行李箱，这才意识到她没有给他钥匙。

“帕蒂诺小姐！”巴雅泽夫人惊呼道，“这个行李箱是一个男人要放到你公寓里的！”

门卫大妈很高兴自己能把这消息传递到四面八方。

电梯坏了，西尔维娅想把行李箱留在门卫那里，等阿伦到了之后再自己拿上来，但她又想尽量减少流言蜚语。每过一分钟，门卫大妈都有可能把消息传开，引起邻居们新一波的猜测。每次他们在路上遇到她，都会引起邻居们的注意。于是，她把行李箱拉到楼上，精疲力竭地咕哝着，很是生气。

阿伦来晚了，来之前甚至都没通知她，又带了个行李箱和一瓶意大利酒，以纪念他们真正一起度过的第一个夜晚。她皱起眉头，因为这样的场景对于她而言既充满苦涩，又带些甜蜜。此刻，西尔维娅已经不大在乎他已经结过婚了，而他的前妻跟他俩正要享受的这瓶美酒一样，都来自意大利。

他一见到她的表情，就猜到了她的心情，便努力想逗她开心——也只有他知道该如何做。几分钟后，她果然笑了起来，一会儿之后，她便脱掉了身上的几件衣服。

“穿上吧，”他在她耳边低声说，“我们是自由的，我们之间没有障碍了。不要让你的心中有任何人的阴影，开始享受吧……这才是个开始。”

西尔维娅笑了，说：“你说得对，我必须学会放松自己，最近几周一直过得很紧张。”

“你想要我给你按摩吗？不过首先我得放点音乐。”

阿伦比任何人都了解她的身体。只要她愿意，他就可以随心所欲地使她紧绷，但他也可以用双手和语言向她传递大海般的平静与安宁。

她同意了，慢慢地沉浸在情爱专家的爱抚中。准确地说，是她的伴侣。

在这样的场合，他们不疾不徐、略带紧张地看着彼此的眼睛，颇有仪式感地做爱。他用尽全力来重新攫取她的芳心，用酗酒般的甜蜜来征服她。

当他倒下时，已疲惫不堪。她翻了个身，从床上看向窗外。所有刚刚有过的感觉都变成了对另一个男人的思念。虽然她曾想与之抗争，但一行泪水从她的脸颊上滑落下来，夹杂着快乐、欢喜以及期盼。

为何退出自由生活

皮莱特[37]

周五比周四的情况好一点，然而奥德修斯依旧没有出现在老板办公室，西尔维娅希望他以后再也不要出现了。不再见到他，对她来说会轻松得多。

事实上，她不懂是什么原因使这个一直为老板工作的人彻底消失了。老板变得比以往任何时候都烦躁、紧张，而且消瘦了。他不可能在掩饰自己生病的事，甚至那些与老板最不相干的人都在谨慎地打听老板发生了什么事。西尔维娅觉得这一切都是她的错，奥德修斯已经不来办公室了，可能就是因为不想看到她。

然而，这与她所认识的奥德修斯的形象并不相符，因为他是那么忠于客户。这可能正是他想表达的：他之所以这样做，就是不想再制造两个人见面的机会了，虽然这个决定会影响他服务病人的质量。又或者，他和病人改了见面地点……

另一方面，她对奥德修斯的态度也很明确。她一直表现得像他那样，非常理智，她并没有主动联系他以引起他的注意。自从她意识到他并不想再遇到她之后，她就尽力把注意力放在其他事情上了。幸运的是，恰恰就在这个时候，阿伦重新出现了。她并没有被迫在过去与现在之间做出选择。这一次，命运终于眷顾了她。

但当她下班进电梯时，看到里面的自己形单影只，她开始无比怀念曾经的时光，重温他的目光落在她身上的感觉。

下午，西尔维娅把钥匙给了阿伦，他请她去吃晚餐，并带她去听爵士音乐会。他俩的心情十分舒畅。她试图赶走内心其他的想法，并对自己说，这就是她一直想要的，他值得她去爱。她渐渐明白，哪怕怀疑他出轨了，茱莉娅还是跟他在一起了这么多年的原因。

这是西尔维娅迟早要和他谈的话题，尽管他可能永远不会再出轨了。把这种行为当作是阿伦天性中的一部分，而不去过分在意他的种种爱情冒险经历，是不是会容易得多？有时对某些问题装糊涂，反而会活得轻松些。这虽然不是世上最能安慰人、最能使人高兴起来的想法，却能令人暂时感到舒适。

从音乐会回来后，阿伦开始在屋子里整理他带来的行李。就在这时，一本书掉下来砸到他头上。

“你的书砸到我了！”他抱怨说。

“可能是没在架子上放好吧。”

“好吧，我想它是故意的，我想那些写着拉丁语书名的书都不喜欢我！”

西尔维娅从地上捡起了旧版的《深渊书简》，抚摸着它的封面，重新读了起来。不过她注意到此刻阅读有点不合时宜，这不会帮助她跟阿伦处理那些严肃的事情。她有点歉疚地把书放回书架上。

观察着阿伦放在她家里的东西，给她一种奇怪的满足感，但这并不是她引以为傲的事情。因为在她看来，这与获得胜利有关，而与爱不爱这个人无关。

他表现得十分迷人，非常注意细节。

星期六早上，他们躺在床上听着旧唱片、喝着香槟。西尔维娅很舒适，也很轻松，努力恢复着自己对他的信心。

阿伦问："你不把我介绍给你的朋友们吗？"

西尔维娅疑惑地看着他。多年来，他们一直是情人，她不希望任何人看到他们在一起，当然也包括西尔维娅的朋友和熟人。她希望他是无形的，在任何时刻都可以消失不见，不会在她生命中留下任何痕迹。

"好吧，但我不认为这事儿很紧迫。"

他用手牵着她，看着她的眼睛说："我觉得这将是一个全新的开始。亲爱的，我知道在很多时候，我对你不是很好，但最终结果是我们找到了正确的路。"

于是，满腹狐疑的西尔维娅拿起电话打给了伊莎贝尔。他们约定今晚就见个面，但伊莎贝尔没有邀请他们去她家，而是建议去一家爱尔兰啤酒馆，这是个给西尔维娅带来过一系列糟糕回忆的地方。

晚上，他们来到爱尔兰啤酒馆里。

伊莎贝尔对阿伦说："我很高兴，终于能够在听到关于你的很多事情之后认识你。在我对你产生信任之前，我想警告你，你如果再伤害我的朋友，我就撕了你！"

"伊莎贝尔！"西尔维娅惊呼道。

但阿伦倒没什么异色，他说："她是对的，亲爱的。她是对的。我并不是一直都对你很好，对吧？"

西尔维娅惊呆了，这是阿伦第一次认识到这一点。伊莎贝尔饶有兴趣地观察着他们。

"但一切都会改变。我度过了一段困难的时期，你知道吗？但这都结束了。危机时刻过去之后，就可以好好做其他事情了。"

他对西尔维娅做了一个无私而又充满激情的表情，伊莎贝尔赶紧做了一个伪装的手势。

……

会面结束后，他们送走伊莎贝尔，打算回到自己的家，一路都没有松开过手。西尔维娅在伊莎贝尔的眼中看到了些许赞同，所以，她准备开始好好享受生活，任由自己被阿伦宠着。现在，她能随时随地拥抱他了，他终于属于她的了。

到了家门口，他们刚要开门的时候，西尔维娅的手机振动起来，惊得她差点绊倒。

"谁啊？"阿伦问道，随后开了门。

"不知道。"她嘟囔着，想把手机放在包里。但一看屏幕，上面显示的是欧弗雷泰先生的号码。她很惊奇，有些担心，便接了电话。

“喂？”她说。

“西尔维娅，我需要帮助，你能过来吗？”欧弗雷泰先生说，然后就挂断了。

吧嗒，吧嗒

艾迪特·皮雅芙[38]

“我必须去见一个朋友。”进门前，西尔维娅对阿伦说。

“等下，是什么朋友？你真的要出去吗？”

西尔维娅摇了摇头，撒谎道：“这是紧急情况。”

“你都不告诉我是什么情况吗？”

“我有点着急，阿伦。等我回来，我保证我会告诉你一切的，好吗？”

起码到那时候已有足够的时间来编造一个听上去合理的理由了。阿伦别无选择，只能接受，他们以一个热烈的吻做了分别，好像他在做标记似的。

她决定打车去，一路上不停地想欧弗雷泰先生会发生什么事情。当她到达他的房间时，门是半开着的。

“喂？有人吗？”她进门时试探着问。

然而没有回应。

然后她走进房间，发现里面已经完全变了。几天前几乎要填满墙壁的书架已经消失了，好像从未存在过。那些古老的家具已经被现代化的家具所取代，没有个性，跟其他酒店中的装饰别无二致。

西尔维娅不知所措，她慢慢走到欧弗雷泰先生喜欢的那个窗口前，他习惯在那儿观察路人，并发表犀利的评论。

窗台上有一本书，仿佛它是唯一留存下来的、无声的证人。她捡起来，感到困惑，看到封面上的插图是从一张旧报纸上剪下来的，其中一则启事十分突出：

你快乐吗？如果你不快乐，就咨询帕克·潘吧，就在瑞驰蒙德大街十七号。

这本书的名字是《帕克·潘调查簿》，刚好是阿加莎·克里斯蒂的一本书的名字。

“你快乐吗？”西尔维娅大声问。

“你快乐吗？”传来一个回声。

她左顾右盼，心跳剧烈。西尔维娅可以发誓，有那么一瞬间，她听到了欧弗雷泰先生在平静地说话。但她的确是一个人，所以，这一定是她的错觉，也许是一些混杂在她脑海中的声音在自动播放，在这个空空如也的房间里来回飘荡。

她把这本书放进包里。这是欧弗雷泰先生的奇妙世界中唯一剩下的东西。他怎么可能突然消失了呢？

她打电话给这位咨询师，却没人接。她很困惑，好像被困在一个看似平静动人的噩梦之中。她坐电梯下了楼，走到前台。幸运的是，前台坐着的还是上次那位十分和蔼的男孩，他曾在她第一次来的时候告诉她心理咨询师在哪个房间。

“晚上好，我是欧弗雷泰先生的一个病人。”

男孩看着她，眼神茫然。

“呃，我是接到了他的电话，他让我来找他，事情似乎很重要。但是，他的房间被彻底改造了，恢复成以前的样子了。”

前台男孩扬了扬眉毛，说：“您说哪个房间，女士？”

她告诉他房间号码。他查了查电脑，说：“那个房间一直是空的，女士。最近几天没有人在那间房里住过。”

“这是不可能的，欧弗雷泰先生明明住在那里……或者说曾经住在那里。几天前我来拜访过他。”

“也许是另一个房间。我想告诉您的是，我们酒店的政策是不允许接受长期住客的。”

“不可能……”她重复道。

“也许……您是不是受了某种欺骗或者进了别人的圈套？如果您能告诉我，我将不胜感激，以便我们在必要时采取必要的措施。”

“等一下，两个星期前，是你亲口告诉我欧弗雷泰先生的房间号的。‘文学顾问’欧弗雷泰先生，你不记得了吗？”

前台抿了抿嘴，想要控制自己的挫败情绪。做酒店服务生的一个前提是在任何情况下都要保持良好的教养。

“女士，我不知道你在说什么。”

……

不要离开我

艾迪特·皮雅芙[39]

西尔维娅不想上地铁。她满怀疑虑地走到河边，然后继续往西走，边走边想。她想再给欧弗雷泰先生打个电话，但无济于事。

她走了很长时间，脑海中不可避免地产生了一个奇怪的想法，那就是：心理咨询师以及他办公室里发生的事情跟她决定是否回到阿伦身边似乎有某种内在关联。

心理咨询师现在会在哪里？他们把他驱逐出去了吗？他为什么要她来帮忙？为什么酒店前台的反应那么奇怪？也许，出现了什么问题，他们被迫保持沉默。也许是酒店的政策，让他们避免谈论此事。

她很担心。电话响了，她急切地从包里翻出来，是阿伦打来的。她不想接，因为她怕占线，错过欧弗雷泰先生的电话。

她走了很远，脚底的鞋子让她很不舒服，于是她便走进了一家咖啡馆，点了一杯干菩提树花茶。

“想缓解焦虑？”服务员温和地问道。

“是的。”她回答。

然后，她拿出包里的书，开始阅读。当放在桌上的手机再次振动时，她才看了几页。还是阿伦，真是坚持不懈。她回了一条短信：“我很忙，是一件急事，我得帮一个朋友。等我结束后，我再打电话给你。”

她知道他不会满足于这个回答，他应该还会再次打电话过来的，而她要做的就是无视它，并继续看书。

这些故事与她之前读过的所有故事都不一样，但共同点是：在对不同类型的人的心理观察方面、对人们的脾气及弱点的研究方面，观点都很犀利。在她读的故事里，不仅没有人死亡，而且存在各种各样的可能性，使得故事本身变得难以捉摸。

怎么会有这样一本似乎特意为她而写的书呢？而且它一直在那里，却隔了这么长时间才到了她手中。

书中描绘了一些人物。她开始明白为什么欧弗雷泰先生给她推荐这本书了。读着读着，她感觉自己深深地陷进去了。

她好几次都在报纸上看到了同样的广告，开头第一句就是“你快乐吗”。每次她看到这句话时，都忍不住问自己，然而她并不知道答案。

她读过很多关于寻找幸福的书。例如，一个人最幸福的时刻，就是他相信自己即将成为一个真正的人——这是她从弗吉尼亚·伍尔夫的小说《达洛维夫人》的主角克拉丽莎·达洛维那里学到的。

西尔维娅刚刚才开始她渴望已久的新生活，她应该沉迷于这一欢乐时刻，想象着未来无尽的可能性，憧憬着跟阿伦一起去旅行。而事实是她并没有那么渴望投进阿伦的怀抱，因为阿伦再也不会像当初那样对她细心、深情了。

此时，她正坐在一个自带葡萄园的咖啡馆里。那个突然打电话给她、仅仅咨询过三次的心理咨询师突然消失了。而她，并不想回家。

她第一个想到的是，这不是她一贯的作风，随之她又想到，她确实已经把自我的宁静与自己的想法摆在另一个人的欲望面前了。

此刻，她想起了她最喜欢的一句话，那是她心爱的奥斯卡·王尔德说过的一句格言——“克服诱惑的唯一方法就是陷入困境”。

她还记得，在与阿伦刚刚在一起的时候，有人说她是让自己屈服于与已婚男子偷情，以便满足自己冒险的欲望，这是一种荒谬的行为。引诱别人的人总是有一些毫无意义的任性行为，其实对方从一开始就能看出他的愚蠢把戏。然而，她却一次又一次地陷入其中，就像一个在同一块石头上磕绊过很多次的人。事实上，她爱上了那块石头，爱到想把它带回家，与它分享一张床的地步……

她继续看着书，不时会停下来思考一下。阿伦又打了好几次电话，她都没有接。但她并没有关机，以防欧弗雷泰先生给她打电话，但他也没有打。

她看完书走回家，已经很晚了。

她开了门，阿伦在看电视。他带过来的行李箱已经不在客厅了。

“你终于回来了！”当他起身拥抱她时，感叹道，“你还好吗？你都没接我电话……你让我很担心。”

“我不想和你住在一起了！我不想和你在一起了！我不想做你的爱人，你并不能使我快乐！带着你的东西走吧！”

他的愤怒大于惊讶，皱起了眉头，不禁对她吼道：“你简直是个巫婆。”

她笑了：“没错。”

坦德勒地图

乔治·穆斯塔基[40]

周一，当西尔维娅来到办公大楼时，她对自己感到非常满意，而且对自己下定决心做出改变而感到无比自豪。她没能和欧弗雷泰先生联系上，对奥德修斯的状况也一无所知，即使这“两只黑蛾”在她头上飞舞，她的心情也如夏日的天空一样明亮清澈。

其实，在这之前，当阿伦还没有带着行李箱走出家门的时候，她并没有意识到自己对他的巨大怨恨、他们之间的不确定性以及无休止的等待给她所带来的痛苦。然而，看着他半夜离开公寓，拒绝他的恳求，是一个野蛮却能解放自身的做法。

她看到了克洛蒂尔德。她看起来受到了很大打击，几乎要落泪了。

“怎么了你？”她担心地问道。

克洛蒂尔德没说一句话，指着窗外的人行道，那儿停着一辆救护车。

“勒斯泰因先生在上面，他心脏病突发了……我们不知道他有什么病。我想他会死的。”

西尔维娅抱住了她。这样做的时候，西尔维娅能感受到自己内心的空虚，好像整个身体已经被掏空了。

“我不敢一个人去医院。”克洛蒂尔德低声道，声音弱得几乎听不见。

“我们四个一起去，”西尔维娅说，“这是我们欠他的。”

她们叫上了在顶层办公的玛蒂尔德，她也不知道该怎么办。布鲁内尔德也刚到达，她本来在休病假。她们坐上出租车，跟在救护车后面。

当她们跟随那辆车顶发出警笛声的救护车时，西尔维娅觉得，也许救护车的警笛声会让一些分散在城市周围的人默默为这个陌生人祈祷，祈求他能够恢复健康。也许这才是警笛的真正作用吧。

她们在途中几乎没有说话。克洛蒂尔德一直到医院门口还在哭泣，之后她躲进了洗手间，过了一会儿又一如既往地微笑着出来了。

等了一个小时，医生才告诉她们，勒斯泰因先生的情况非常危急，他可能活不过几个小时了。

四个人去了医院的食堂，她们需要喝点咖啡。

“你们觉得我们还应该留在这里吗？”西尔维娅问。

玛蒂尔德和布鲁内尔德看着对方。

“实际上，办公室里还有很多工作要做。”玛蒂尔德说。

显然，她不想在这里等待。

“我们将面临很多问题。现在一场雪崩正在等待着我们，而我们孤立无援。”布鲁内尔德补充道。

“你能不能不要以一种他已经死了的口吻说话？”克洛蒂尔德咆哮着，根本不是她平时的善良口吻了。

布鲁内尔德满脸惊讶地看着她。

“这样吧，”西尔维娅提议，“你们两个去办公室，克洛蒂尔德和我待在这里，之后我们两边互相交换信息，你们觉得呢？”

布鲁内尔德和玛蒂尔德觉得这是个好主意，她们一口气喝光了咖啡，说了声再见，说会留意手机的，然后就像抢着去上救生艇一样离开了。

西尔维娅和克洛蒂尔德再一次回到楼上，正好看到奥德修斯和一位四十多岁的优雅女人也上来了。女人穿着一套深色西装，和奥德修斯的气质很般配。西尔维娅觉得他俩可能是夫妻，他们还没有留意到她俩。

没法避免正面相见，她只好赶紧躲在角落里，手放在胸前，试图让自己冷静下来，仿佛一只受惊的动物。

克洛蒂尔德站在她后面问："你没事吧？你还没见过有人去世吗？"

"对不起，克洛蒂尔德，我只是有点恐慌。我没事。"

"好吧，"她用一贯的批评语气说道，"你之前跟那个希腊人约过会，对吧？你看到他跟另一个女人在一起了？"

"我想今天并不适合我们互相提问跟谁约过会，你不觉得吗？"她亲昵地说道。

克洛蒂尔德匆忙地望向窗外，说："你说得对，对不起。"

她们去了离勒斯泰因先生病房最近的等候室。奥德修斯和他的女伴已经进了房间。

"但他们为什么不让我们也去看看他？"克洛蒂尔德愤慨道。

她找了一个护士抱怨这个问题，护士说，勒斯泰因先生已经明确说了，奥德修斯可以在任何情况下，甚至是手术室，只要有必要，就能进入他的病房。这是他的临终要求。

克洛蒂尔德吸了一口气，面色苍白。她爱着的人的临终要求居然跟她没有任何关系。

“至少他得知道我们在这里吧。你能告诉他吗？”

看到她如此深情，护士写下了克洛蒂尔德的名字，并答应有机会一定会告诉他的。

西尔维娅收到了布鲁内尔德的一条短信，说自己忘记把一个灰色的信封交给她了。她们回办公室的速度也太快了吧！西尔维娅很是诧异。

奥德修斯从病人的房间出来了，有些伤感。他身边站着那个跟他一起来的女人。他看到西尔维娅时，眼睛一亮。

“我不知道我会在这里见到你，”他说道，“在这样一个悲伤的日子里，这真是令人愉快的惊喜。”

“好吧。这算是你的工作，对吧？我的意思是说，悲伤。”西尔维娅说道，这句话比她想象中的还要干巴。她忍不住盯着眼前的这个优雅女人，如果这是他的妻子的话，他为什么还来跟她说话？难道是“开放式婚姻”？

他皱了皱眉头。

“你想说什么？”警报灯般的怀疑闪过他的眼睛，他问道，“你收到我的消息了吗？”

“什么消息？”

“我在办公室里给你留了一个信封，我把它给了你的一个鬈发的同伴。”

西尔维娅看着他，有些疑惑不解。她早已习惯了阿伦无休止的借口和诡计，所以觉得这只不过是他的某个手段而已。

等一下！鬈发女子？布鲁内尔德？她刚刚给她发短信说……

“是个信封吗？”

“是灰色的，你没收到吗？”

她摇摇头。

护士给克洛蒂尔德打了个电话：“勒斯泰因先生想和你说几句话。”

克洛蒂尔德匆忙进入房间。奥德修斯对身边的优雅女人说了些什么，她点了点头。然后，他走到西尔维娅身边，说：“你愿意陪我散散步吗？我们之间有一个误会要解开。”

现在

吉尔伯特·贝考德[41]

他们没有说什么，就直接走出了大厅。

“我知道有一个安静的地方，”他向她保证，“你可以想象，我在这里来过多少次了。”

他们穿过走廊，小心翼翼地穿过一个写着“禁止通行”的门，爬上消防应急通道，到了一个小阳台上，这里空无一人。他们到了高处，远处的景色值得静静欣赏。

“我一整周都在出差。”他解释道，“勒斯泰因先生有一个账户被暂停了，我的义务就是尽一切可能来解决这个问题。我不得不去卡塔尔，在那里待了好几天。我花了九牛二虎之力去说服那个人。”

“那个跟你一起来的女人是谁？”她胆怯地问。

“哦，她是勒斯泰因先生的女儿……”当她听到那个女人不是他的妻子时，感到如释重负，可是接下来她再也听不进去他说的话了。

“重要的是我们准时到达了那里，也终于可以谈话了。雷诺夫人……”

“等一下，等一下，你说刚才那个女人是阿雷克夏·雷诺吗？那个著名的生物学家？”

“没错。自从他们断绝父女关系之后，她就千方百计地掩饰自己是他女儿的身份，连名字都改了。”

她曾经听到有传言说阿雷克夏是他的助手，以及他们并没有真正断绝父女关系，但她不认为这些传言是真的。

“那项让他成名、让他得以成立公司的发现并不是全部出自他一人之手，他女儿的想法和贡献起到了决定性的作用，因为她发现了一种重要的酶。勒斯泰因先生凭此当上了教授，然而他却做了每个人都会做的事情，没有将阿雷克夏的名字放上去。”

西尔维娅点点头，她在大学里也有过类似的经历。

“她与他成了敌人，并要求他公开发表声明，证明她也做过贡献。在实验室与实验室之间、教室与教室之间度过了一辈子的勒斯泰因先生，很难适应社会，因而把女儿的这种做法看作是孩子气行为，觉得她就像叛逆期的少女，并没有放在心上。”

“坐下吧。”西尔维娅说道。

奥德修斯点了点头，道：“阿雷克夏感觉自己被背叛了，便离开了祖国，从此之后没有和父亲说过一句话。”

西尔维娅叹了口气：“真是复杂。”

“在我看来，阿雷克夏是我职业生涯中最难以获得对方信任的人了。我花了整整五天，她都没有告诉我勒斯泰因先生曾经对她写了什么。最后，勒斯泰因先生对这件事做出了解释，并且公开道歉，还向全球最重要的学术性科学期刊和著名大学澄清了此事。数天以来，我不得不援引各种道德观点，坚持去说服她。这很累人。对不起，我没有给你打电话……我希望你看到我的信之后能打个电话给我，而你并没有。”

西尔维娅意识到自己一直没有想到对方其实也缺乏安全感，一样渴望得到她的关心，在如此长时间没有见面之后，他的心中同样有着不确定性，不知道两个人以后是否还会再见面。

奥德修斯的电话在他的夹克里振动起来。

“是阿雷克夏，”他说，“我得和他们一起去。你等着我，别独自离开这里。”

“好的，我不会的。”她回答。

他小跑着去了病人的房间。西尔维娅再次欣赏着眼前的壮观景色，当她看向地面时，看见一辆她熟悉的汽车，直到她看到克洛蒂尔德的丈夫安德烈从里面出来时，她才恍然大悟，怪不得这么熟悉。

西尔维娅的头脑中立刻响起了警报。此刻，克洛蒂尔德也许正和勒斯泰因先生在一起，陪他走完生命中的最后时刻。如果安德烈听到了什么不该听的，如果他看到那个状态下的她，他可能会猜出一切，就像西尔维娅自己经历过的那样。她不得不去支开安德烈，好给克洛蒂尔德争取时间。

她使劲挥舞着双臂，说：“是我！安德烈！我在这里！”

安德烈抬起头来看着她。

她说：“你到咖啡厅去等我一下！就是现在！就在楼下！”

他困惑地点了点头。她飞快地冲下楼去。

在电梯里，她赶紧给克洛蒂尔德发了一条短信：“安德烈来这里了。我会尽力拖住他，但我并不认为我能拖住他超过二十分钟。”

这就足够了。她知道克洛蒂尔德的手机不离身。

过了一会儿，她在咖啡馆里找到了他，说："安德烈！真高兴见到你啊！"

他惊讶地看着她："好吧，我不知道此时用这个词是否恰当。"

西尔维娅还沉浸在与奥德修斯重逢后所带来的小小的狂喜中，她努力让自己看上去神色正常。

她说道："你说得对，我们其实都很紧张。你知道的，公司的未来走向变得扑朔迷离……你介意和我一起喝杯咖啡吗？我待在这儿一上午了，都没注意时间……"

"我想，我应该先去和克洛蒂尔德打个招呼。"

"别担心，我刚刚还和她在一起，她正在打电话解决办公室里的一些事情。你知道的，她非常高效。"

"是的，这也许就是为什么她没接我的电话。好吧，如果你说她那边没事儿，那我就该相信你。咱们先喝点咖啡吧。"

他们挑了张安静的桌子坐下，点了两杯热咖啡。

当西尔维娅正绞尽脑汁寻找着可以让这次的和平谈话维持二十分钟的话题时，他反而意外地说："其实，西尔维娅，我想跟你谈一谈，是关于阿伦的事情。"

遗憾的华尔兹

乔治·盖特瑞[42]

她看着他，好像他长了两个头一样。

“阿伦？”她低声问。

“他是我的一个朋友。很久之前，你就应该知道男人之间其实不会谈论这些话，但他是我最好的朋友，或者说我是他最好的朋友。我们认识，是因为他当时正在寻找可以在某些话题上向他们杂志提供建议的科学家。我们很欣赏彼此，而且我们住得很近，每隔一段时间就会约一约。”

“大概由于这个原因，克洛蒂尔德也认识了茱莉娅吧……”她说道。

“是的。她们已经约过不下四次了，她俩相处得很好。”

西尔维娅咽下一口唾沫。

“谢谢你替我保密。”她低声说。

“每个人的生活都是自己的，你知道的，其实我并不喜欢那些八卦杂志，不像我老婆。”

“你是从什么时候开始知道这件事的？”

“几乎从一开始我就知道了。只要阿伦跟我讲到他有外遇，他就不停地谈论到你。你是多么聪明、多么独立，而且充满激情，还是位很好的厨师，堪称完美的情人。他不停地对我说这些。”

“不折不扣的浑蛋！”她说。

“当这种状况持续了几年之后，我问他是不是考虑离开妻子，跟情人在一起。他笑了，反问道：‘为什么我得放弃其中一个呢？’”

“无懈可击的逻辑。”西尔维娅喃喃地说，感到羞耻。

安德烈摇了摇头。这段谈话已经脱离了他规划的轨道，这事对所有人来说都太糟糕了。

“他现在的状况很糟糕，不得不去学生宿舍睡觉。每次我给他打电话，他都会和我说他有多想念你。我很抱歉看到他这样。”

“但说实话，我并不感到抱歉。我不会让他回到我身边的。”

安德烈盯着她说："他说你已经间接地拒绝了他好几年了。每次他都对我说，如果他跟你在一起，住在你家里，日子就会更幸福。而当这一切开始变得有可能的时候……你却离开了他。"

"听着，安德烈，我知道他是你的朋友，但我不必因此而受到指责。他拜托你来跟我谈话的吗？"

安德烈急忙摇了摇头，说："不，不！对不起，我一直表现得就不好……我并不是想责备你离开他，反而觉得这是可能发生的最好的事情，至少对于阿伦而言。当然，对你也是。"

西尔维娅哼了一声："你说清楚点，但首先你得告诉我他是否知道你是认识我的。"

"不，他不知道。总之，如果我告诉他我认识你，对我来说可能会更加麻烦，也会使他陷入麻烦。"

她看着他，揣测着他的诚意。看到他如此不知所措，似乎他不是很善于撒谎。

安德烈接着说："阿伦是个害怕做出决定的人，你不知道这有多糟糕。试图取悦周围的所有人，真是件疯狂的事情！因为他害怕失去别人的信任，所以他试图用承诺来满足他们。但是，这往往会更糟糕，因为他通常不会履行承诺。你不知道这几年他一直在向我发誓，他要和我一起去桌球室，可是一直没有兑现承诺……我知道这段婚外恋迟早会结束的，却没想到需要三年。”

直到这时，她才意识到，安德烈多年来一直是她的秘密的守护者，他没有把这件事告诉任何人。这一点让她对他有了新的认识。

西尔维娅不知道怎么应对安德烈的这番话。

“我想告诉你的是，我想让你知道……我会照顾他的。我会尽量让他不要再给你打电话，但是我认为更好的办法是，你换个手机号码。”他说。

她点了点头：“我已经这样做了。”

“他也必须学会独处，即使是几个月。他变得越来越狂躁，想让你们俩都能开心，不再有人抱怨，不再有人爆发。现在，他已经遭到了惩罚：他同时失去了两个人。”

“如果他没有用这种自私自利的手段，那这种事情也不会发生在他身上。”西尔维娅说。

“这仅仅是一种看法，西尔维娅，我不知道你们之间发生了什么事情，但是我可以感觉到你们都很痛苦。我真希望事情不是眼前这个样子。”

“为了使事情有所转机，人们必须努力改变。阿伦不想改变，因为情况似乎还不算太糟。我不希望他受到任何伤害，但我不能再在他身边了。我很抱歉。”

安德烈失望地摇了摇头。

西尔维娅的手机在振动，是克洛蒂尔德的短信：“勒斯泰因先生已经离开人世了。再给我五分钟，然后你就可以上来了。”

“他非常爱你，用懦弱的方式，你在他的生活中一直很重要。当他经历着糟糕的时光时，你给了他新的幻想，你让他重拾青春……”

西尔维娅笑了起来，说：“安德烈，不好意思，你在听吗？看起来你像是在背诵七十年代的一首歌。我与阿伦的所有往事都只不过是陈词滥调，在这其中，我们每个人都在履行着自己角色的职责。一个同时爱着两个女人的贪心男人，一个一心一意等待着他多年的完美情人的男人，想着有一天能够美梦成真。简直是人们爱看的、最受欢迎的故事，也是电影和连续剧取之不尽、用之不竭的桥段。但我们所扮演的角色与之前的经典作品中的角色之间还是有一点小小的差别，我不相信男人们从未幻想过扮演阿伦的角色，而只有少部分女性会愿意扮演我的角色。”

“到目前为止，”他说道，“有多少女人爱上了别人的丈夫，愿意为他付出一切，只想让他离开家庭与她远走高飞？”

“我们俩本可以有一个童话故事般的结局，可事实并非如此，因为我们必须遵循生活中的其他原则。而为了这个男人，我妥协了太多太多次。我知道接下来会发生什么。我在想，如果采取另一种方式，会不会让我对这个男人产生新的印象。对我来说，阿伦永远是一块石头，我曾多次与他发生过碰撞，以至于我不知道自己能不能以一种新的方式来看待他。”

“你的话很难听……但是你看起来不像是在生气。”

“我没有生气。”西尔维娅笑了，“生气只不过是另一块绊脚石罢了。”

安德烈陷入了沉思，然后说道：“阿伦好几次告诉我，他羡慕我和克洛蒂尔德的关系。你知道吗？他说，他想爱一个足够忠诚的人。他一直以为和你在一起就能找到稳定的东西，你会把他变成他想成为的人。在他看来，你是一条正确的出路。”

西尔维娅单纯地笑了。阿伦本来可以选择和她在一起相守多年，但他没有。她说：“没有人能成为别人的出路，安德烈。如果他想保持忠诚的话，他会和他妻子在一起，或者和我在一起，或者和别的女人在一起。我想保持忠诚并不是针对夫妻之间，而是自己对自己。”

没有任何改变

乔治·穆斯塔基[43]

当他们上楼时，克洛蒂尔德已经恢复了原样。她累了，但神奇的眼药水抹去了她眼中的红肿，还有西尔维娅的化妆品让她的肤色恢复如初。

她和丈夫亲切地相互问候着。

奥德修斯走近了西尔维娅。

他对西尔维娅说:“勒斯泰因先生把遗嘱交给了我。以我为证，在该文件中，勒斯泰因公司仍然以股份制的形式运行，其股份仍掌握在员工手中。”

西尔维娅扬了扬眉毛。

“这真是太好了，”她小声说，“勒斯泰因先生真是太慷慨了。”

克洛蒂尔德笑了：“我想我们根本就从未真正了解过他，在他的神秘外表下隐藏着一颗非常善良而伟大的心。”

从卡塔尔回来的女人阿雷克夏，为了使她此生最大的敌人——她的父亲的遗愿能够实现，走向了他们，并进行了自我介绍。她告诉他们，她会在巴黎待几天，还想和他们建立商业关系。

从克洛蒂尔德对她父亲的逝世表示哀悼来看，她是知道一切的，她一直都知道阿雷克夏是谁。她们是勒斯泰因先生生命中最重要的两个女人，两人立刻攀谈起来。克洛蒂尔德提出捎她回城，阿雷克夏答应了。

“你也想一起吗，西尔维娅？”克洛蒂尔德问。

“不，我想一个人回去。”她回答说。

“你确定吗？”安德烈坚持道，不理解她这么做的原因。

克洛蒂尔德轻轻推了他一下，说：“她当然是很确定啦，你没听见吗？”

阿雷克夏辞别了奥德修斯，并感谢他曾去找她，还那么耐心地说服她。

他说：“我很高兴你能回来。”

此时，安德烈充满好奇地看向角落里的西尔维娅和奥德修斯。

西尔维娅问奥德修斯是否还有其他工作要做，奥德修斯说："不，我要做的事情做完了。从现在开始，一切主要由费迪南德负责。我跟他一起完成一些扫尾工作之后，咱们就走吧。"

奥德修斯和一个穿着黑衣的男人说了几句话，那人应该就是费迪南德。

接着，他对西尔维娅说："我们还需要一些时间，你先休息一下吧。"

过了一会儿，西尔维娅和奥德修斯在电梯里遇见了，但这次他们没有接吻。

"你觉得勒斯泰因先生是在安详中离开的吗？"她问。

"是的。"奥德修斯说，"他脸上的表情让人觉得是这样的。当他和阿雷克夏谈话的时候，我看到他脸上有一种信徒们在最后一次忏悔之后所拥有的安详。和克洛蒂尔德交谈后……我不知道他们说了什么，但他笑了，微笑着离开了人世。"

西尔维娅深吸了一口气。尽管勒斯泰因先生对女人们是那么冷漠，但在他生命的最后时刻，他一生中最爱的两个女人却在陪着他。她想知道，阿伦是否也会有同样的命运。

"我想你了。"奥德修斯突然说。

"我也是。"西尔维娅喃喃道。

如果奥德修斯知道那个星期她和阿伦复合了，还在自己家里重新接受了他，然后又离开了他，他会怎么想呢？她一定会把这件事告诉他的，但不是今天。

他们来到停车场，走到了一辆灵车旁边。

“原谅我，但这里没有其他车能把阿雷克夏送到机场了，我就把我的车给了她，所以我们只能坐这辆车了。”

西尔维娅打量着这辆优雅的长型车。“真漂亮。”她微笑着说。

他们坐了进去，西尔维娅看到里面的座位分布模式，惊讶地说：“真舒服。”奥德修斯被西尔维娅的话逗乐了，他说：“所有坐过这辆车的人，还没有人说过这辆车很舒服。”

“这当然。不仅如此……它的内饰也非常漂亮。”

她的手滑过黑色皮革制成的座位，直到碰到奥德修斯的腿。

他盯着她，怀疑地问：“真的吗？”

“一个聪明人告诉我，没有比注视着死者的眼睛更为强烈的内心体验了。我一直想试试这是不是真的……”

她还没说完，奥德修斯的嘴唇就压住了她的嘴唇，他的整个身体压过来，她感受到来自他胸膛上的压力，仿佛这是一场惩罚。他呼吸急促，他的声音在她的耳边萦绕，使她颤抖不已。

不，我不后悔

艾迪特·皮雅芙[44]

“车窗玻璃能让我们看到外面，外面的人却看不到里面。”奥德修斯低声说。

“你确定吗？窗户看上去很透明。”

他解开了她衬衫上的第一颗纽扣，说：“我确定。我工作中用了它这么多年了。”

“你所谓的工作是什么意思？”她戏谑地问，“是在灵车中与女人调情？”

“谁告诉你必须是女人？我还不知道你的目光是如此狭隘。有一次，我甚至带了一只美丽的鸵鸟上车。”

西尔维娅忍不住哈哈大笑起来。

他们亲吻着，她身体中的每一个细胞正在享受着。

西尔维娅不禁比较起奥德修斯和阿伦的风格来。阿伦从来没有在床上笑过或允许她这样做过。对他来说，性行为必须是神秘的，是一种精神上的神圣体验，依据血脉经络的平衡，“举行”其既定的仪式，没有即兴或幻想的余地。而奥德修斯的每一个动作都是她无法预料的，每一个爱抚的动作都可能成为游戏，让她发痒，或者探索前所未有的地带。

他解开了她衬衫上的第三颗纽扣，露出她的乳房。

“我希望你确定想要这么做。”她喘着气说。

“如果不是的话，会怎么样呢？可能发生的最糟糕的情况是，我们会让那些经过停车场的人感到高兴。也许对你也不错。”

西尔维娅还有所顾忌，他撩起了她的裙子，把手掌压在她的耻骨上，轻轻地啃着她的耳垂。

“我要给你带来无数快乐，”他在她耳边低声说，“你是不会被人看到的，而只会被听到。你会大声尖叫，你会把整个医院都弄醒的。”

“那我们来看看是否会这样吧……你想打赌吗？”

“非常乐意……”他补充说。

奥德修斯温暖的身体压在她身上，给了她一种安全的感觉，他的爱抚缓缓地、甜蜜地唤醒了她心中的每一个快乐因子。

“我喜欢冒险的女孩子，让我们看看……如果我知道……如果我失去控制……你得让我决定我们的第一个孩子的名字。”

西尔维娅笑了起来，为此感到高兴。但这个说法并没有怎么触动到她，她脑子里浮现一个观点，通常在床上讲笑话的人，或者以伍迪·艾伦的口吻说话的人，是为了分散对方对他的身体或爱情上的缺陷的注意力。但是奥德修斯太英俊了，没有什么能分散她的注意力。

“西尔维娅，我们来赌一次。一会儿你就无法收回你说过的话了，你将见到我所有奇怪的朋友。我警告你，我最好的朋友叫费洛斯特拉图斯。”

奥德修斯用一个敏捷的动作将座椅放倒。然后，他小心翼翼地脱掉她的丝袜。

“你冷吗？”他问，用半裸的身体遮住她。此时，她已经脱光了衣服。

“恰恰相反。”她低声说。

他们反复亲吻着。他并没有用娴熟的技巧与狂野的动作来炫耀自己，而是把自己的情感传给她，与她进行交流。他们不是紧张地亲吻，而是温情地接吻，肉体之间亲密地触碰。

他说：“我知道你曾经有过一段复杂的感情，但是我会为了让你看到我而努力的。这样，你就可以好好地认识我，而不去管头上的噪声，还有这个世界的喧嚣。”

迷失的天堂

克里斯托夫[45]

这天，西尔维娅黎明就醒了，走到她堆满童话故事书的书架旁边。她也不知道自己要找什么东西，但她的手偏偏在一个特定的地方停了下来，取下一本用红布包起来的厚厚的书，书的封面上刻着带刺的玫瑰花。

这本书叫《发现你童话中的名字》。西尔维娅皱起了眉头，这好像是她第一次看到这本书。她怎么会买这么漂亮的一本书，然后又忘了呢？难道是忙到没有时间翻阅？这太不像她了。

她仔细看了看封面，想要分辨作者的名字。但作者的名字非常小，所以她必须非常靠近这本书。她花了一段时间来辨认这些蚂蚁般的小字，当她凑近看时，吓了一跳，因为那里赫然写着“欧弗雷泰”。这本书的作者居然是她的心理咨询师！

她告诉自己，下一次见到他时，一定要告诉他，在他消失的这段时间里，她才发现她的书架上有一本她从未注意过的书。这是一本他们在第一次咨询的时候讨论过的书，讲了童话故事中名字的重要性。

她随意翻开这本书，看到了白雪公主、日内瓦皇后、布兰卡弗洛和所有与苍白相关的名字。上面还有插图，插图中的女性全都身着漂亮的衣服，衣服上有丝绸裙摆和精美的绣花。这本书展示了人的脆弱苍白、理想中的纯洁、童年时期的天真、重新开始的可能性以及经历了痛苦之后的重生……

她翻到其中一页，写了一个关于驴皮、熊皮、灰姑娘和所有侮辱人格的名字的故事，插图也很生动。文中说，有时候侮辱自尊给人带来了改变视角的机会，让人能够发现经常被忽视的简单的事情，并透过表象发现真实的人格。

接下来的几页里讲的是关于拇指姑娘、卡尔邦西托、睡美人以及其他人的一些小故事。其中一部分是专门讲黑巫师和白巫师的，他们的名字很有特点，是咒语的一部分。还有一页讲到侏儒怪、一个神秘的名字与一些不为人知的秘密……

在这本书的最后还有一系列的问题，可以帮你在这些童话故事里找到自己的名字。这一页上画着美丽的白玫瑰花园。西尔维娅咬了咬嘴唇，她不知道她是否想知道这个名字，因为欧弗雷泰先生告诉过她，当她找到它的时候，她就不必再进行任何诊疗了。

此时，这本书充满魔力，吸引着她。在用内心的声音回答书上的问题时，她觉得其实这些问题没有多大意义。第一个问题是：她在享受和知识之间会做何选择？这是一个棘手的问题，因为这两个词并不矛盾。

她思考的时候，一直在观察书上的插画，直到它看起来像真的一样，在她的脑海里鲜活起来。她想象着自己在其中散步，站在满是白玫瑰花的拱门下。她完全能感觉到自己内心很平静。

然后，画的边缘上的一只青蛙跳到了一个大理石柱子上，离她很近，问她：

“对你来说，更重要的是享受还是知识？”

西尔维娅笑了。就在她听到这个问题的时候，就知道它指的是什么了。

“享受。”她很快说道。

“很好，我很高兴。”青蛙说，然后西尔维娅意识到这只青蛙的声音是她的“文学顾问”的声音，“没有正确的答案，但这是你的答案。享受是生活送给你的礼物。”

西尔维娅再次听到了欧弗雷泰先生的声音，真是太幸福了！

“谁是你最好的朋友？”青蛙问。

当她第一次听到这个问题时，她知道他们是在问，她想让伊莎贝尔对她产生什么样的影响；但当她现在听到这个问题时，她明白它不是这个意思。

她立即回答：“我！我应该成为我最好的朋友，给我自己尽可能多的爱和理解。正如我理解伊莎贝尔，而她爱我、理解我一样。”

青蛙的脸上浮现了大大的微笑。

还有其他几个问题，西尔维娅注意到她已经做了很多关于自己的重要决定，只是她之前没意识到罢了。

当青蛙问她最后一个问题时，却跳起来跑掉了。

西尔维娅拿起一件漂亮的白色连衣裙，追了上去，问道：“你要去哪里，小青蛙？你还有一个问题要问我！”

小青蛙逃到了一口井的边缘，朝她看了一眼，眨了眨眼，便跳进去了。

“不！”她害怕地呼喊道，“请不要离开，求你了！”

青蛙还是落进了水中，西尔维娅只好俯身去看，想在井底找到它，但是它已经消失得无影无踪了。然而，令她惊讶的是，不管井有多深，她仍能看清自己的倒影。

她在月光下非常美丽、安详，头上戴着一束白花，微笑着。她一看见自己的倒影，就知道她童话中的名字是什么了。

“尤森娜。”她低声说。她也知道这个名字的意思是“爱自己的”。

此时，青蛙的声音从四面八方传来：“你不要忘记过去，但是不要让它伤害自己，你要把它转化为智慧，而不是痛苦。不要害怕未来。这是代表你目前心境的一面镜子。”

然后，西尔维娅醒了。

她还躺在床上，原来是一场梦。她发现自己不在家里，而是在奥德修斯的船上。她梦到了一本从来没有存在过的书。

她从床上起来，心烦意乱，走进浴室。打开灯，她洗了把脸，好让自己完全清醒过来，真实地存在。她看着镜子里的自己，并不是特里斯蒂伊索拉。她认为自己可能再也见不到特里斯蒂伊索拉了。

这个经历真是太奇特了！她从未如此逼真地做过一场梦，有如此多的历历在目的细节。她看到了漂亮的插图，她读完了整段文字……她的潜意识并没有忽略这些细节。

西尔维娅的嘴角露出微笑，看到奥德修斯睡着了，她躺在他旁边，直到自己再次睡着。

我心中的磨坊

米歇尔·罗格朗[46]

她醒了过来，或者说再次醒来了，被奥德修斯温柔地吻醒了，仿佛整个世界都在旋转。

等她完全清醒后，她才意识到，世界真的在晃动。地板摇摇晃晃，甚至整个房间都在摇摇晃晃。她在一艘船上，而旁边的男人的气味也不是阿伦的。

记忆正在慢慢复苏。他们在灵车上像动物一般亲密过后，她输了，然后他们去了他的房子，噢不，是一艘停泊在塞纳河上的船，离市中心有一段距离。

奥德修斯的“家”很舒适，漂浮在河上。船里很宽敞，每个地方都被恰到好处地利用起来了，一切家具摆放得都很整齐，这是个浅色多功能空间。冰箱里有几瓶香槟，看到这个，西尔维娅突然意识到，他是多么确定自己今晚能成功地把一个女孩带回家。

“你几点上班？”奥德修斯吻着她问道。

“八点半。”她低声说。

“太好了……我还可以吻你五分钟。”

事情就这样发生了。

“我送你去上班。作为交换，我们明天继续见面，你觉得怎么样？”

她笑了。

“我觉得这是个对双方都很有利的交换条件……”她说，亲了亲他。

然而，他的话让她想起了一件事。“等一下，”她中断了亲吻，“今天是星期几？”

“星期二。”

“我今天有点事情要处理，不过我答应你的要求。”她揉了揉脑袋，在想到底是什么事情。但事实是，她不记得到底是什么事情了，也不记得她曾向谁承诺过什么。

西尔维娅脑海中闪现出阿伦的影子，这给她造成了不愉快的心情。她也向他保证过，并且为没有遵守承诺而感到内疚。但这并不是她要处理的事情。

“那好。不过，这件事不处理也没关系吧？”奥德修斯开玩笑地说。

“不，不，挺重要的。”她低声说。

被遗忘的梦中的景象又出现在她脑海里了。西尔维娅想起了欧弗雷泰先生堆满了书的房间以及他的读书治疗法。还有，他的脸上挂着微笑。

“我的心理咨询师，我答应他星期二会去的。他跟我强调了好几次了，即使这样，我还是差点忘记了，亏我还接受了他那么多帮助！”

然后，她想起了那通求助电话，还有那个空荡荡的房间、神秘失踪的欧弗雷泰先生以及酒店前台接待员令人不安的失忆症。

她怎么能忘了这些呢？就好像某人或某事在捉弄她一样，让她记忆力减退。前一天晚上，他们喝掉了粉红色的小瓶香槟。这一切都不是骗人的。当然，香槟正是这场奇怪的梦和今早宿醉的罪魁祸首，不过香槟的味道的确很好……

当她到了办公室的时候，气氛很凝重，但也很平静。办公室里放满了礼物、鲜花花圈，许多人对勒斯泰因先生毕生所做的贡献表示了敬意。克洛蒂尔德的脸色非常苍白，但她没有掉下来一滴眼泪。

工作日充满了新的挑战。员工以行之有效的方式组织起来，确定了目标和任务，然后全身心地投入到工作当中，整个过程非常顺利。

整个上午，西尔维娅打了几个电话给欧弗雷泰先生，却找不到他。她告诉自己，下午必须去找他。

下班后是散步的好时候，她走了一个多小时，正如她之前和心理咨询师在一起的时候，她完全让自己沉醉在巴黎的美景中。记得有一次他说，城市的天空总是灰暗的，但是如果你善于观察的话，就会发现每个地方都会存在细微的差别，就像德彪西的音乐会中的那种情绪和微妙的色调差异。看着落日西沉，西尔维娅觉得欧弗雷泰先生的那些话再准确不过了。

她走到那家大酒店的门口，心中想着，这也许是她最后一次来了。她在前台看了一眼那个男孩，而那个男孩也看了她一眼，但是并没有留意。她爬上华丽的大楼梯。随着一步一步往上爬，她感到伤心不已。没有人在欧弗雷泰先生的房间里等她，她甚至没有接到他的电话。书已经全部消失了，他也是。

她想爬上去亲自确认这件事情，然后问心无愧地履行诺言，再茫然地走下楼梯。

当她走到门前时，发现门是半开着的。她伸进脑袋，看到墙上全是满满的书。她的心脏突然加速跳动起来。这不可能，这根本就不可能！除非上一次她走错了房间。是的，这似乎是最合乎逻辑的解释了。当时，她被欧弗雷泰先生的求助电话搞得十分紧张，也非常担心，而和阿伦复合又使她受到了很大的影响，让她很迷茫。她试图在找所有事件的合乎逻辑的联系，她的脉搏剧烈跳动着。她仍然觉得发生了什么事情，超出了她的理解范围。

“欧弗雷泰先生？”

“西尔维娅，我很高兴见到你！进来吧，不要站在门口了！”

心灵受伤的那个人

乔治·穆斯塔基[47]

“你好！很高兴见到你！”她大声问候。

“我也是，西尔维娅。我也是！”他笑着向她保证。

“我之前接到你的电话时，很担心。一切都还好吗？”

“事实上，一切都挺好。”他肯定道，用一种神秘莫测的语气，“现在，最终，一切都很好。这就是我们最后一次见面的原因。”

她扬了扬眉毛：“为什么这么说？”

“让我们谈谈我给你推荐阅读的最后一本书吧。我不知道你是否有时间读完它。”

“事实上，并没有读完。上个礼拜我有点混乱……”

“好吧，这是一种说法。”他笑了，“我觉得它更像是一种……转变。我为你感到骄傲，西尔维娅。”

“你指的是什么？”她问，不安起来。

“你拒绝了一个真诚的男人的请求，然后冒险与其他男人一起去旅行。你已经离开阿伦了，还帮助了伊索尔德和克洛蒂尔德。所有这一切都发生在一个很短的时间内。”

西尔维娅向门口退了退。这个男人太奇怪了，他能说出最近发生的所有事情……所有这一切好像只是一场戏，正如酒店前台的那个男孩所说的，似乎并不存在。

“你一直在监视我吗？”她低声问，“这一切到底是什么？阿伦开的一个很大的玩笑吗？”

他摇了摇头，说：“你需要帮助，我是来给你提供帮助的。”

“那你怎么知道关于我的所有事情？你是谁？请你告诉我真相！”

“好吧，我会告诉你真相。我是……能够穿过墙壁的人。”

说完这些话之后，欧弗雷泰先生直接钻进一个书架中，像蒸汽一样消失了。

西尔维娅用双手捂住嘴巴。

过了一会儿，他又穿过堆满书的书架，重新出现。

“我是一个执行任务的人，亲爱的。我的任务就是帮助那些与我遭遇过同样问题的人，比如我们都爱上了不合适的人，因为这种爱，我们失去了一切。但这样的事情并不会发生在你身上。”

她花了几秒钟的时间做出了反应。她的大脑在飞速运转，试图找出一个合理的理由，但并没找到答案。

她说：“我很抱歉，欧弗雷泰先生，但是这一切真的让人有点难以相信。”

欧弗雷泰先生笑了起来：“当然。你可以自由地相信你想要相信的东西。不过，我想问你一件事：即使你不相信我的存在，你会不会相信我所说的话呢？”

她慢慢地点点头。

“你并不是在发疯，西尔维娅。你不需要为此担心。在短短的几天后，你就会完全忘记你见过我、你我之间说过的话以及我告诉过你的东西。你只会记得你根据我的建议阅读的书籍。”

西尔维娅又一次沉默。

过了一会儿，她说：“你的脸让我觉得很熟悉。我一直有这种熟悉的感觉，就好像我一直都认识你一样。你是我的亲戚或祖先吗？”

“差不多吧。”他走到书架上拿起一本小书，说道。

书拿在手中的时候，他轻轻地吹了一下，整本书就变成了一种飘浮在空气中的金黄色粉末，最后落在西尔维娅的手中。接着，又变成了有质感的实体。

“《坎特维尔的鬼魂》？”她的眼睛一亮，“这本书我看过很多遍，我觉得有些东西我都可以背下来了。”

“我知道，”他又笑了起来，“那就是连接我们之间的纽带。我们是一起长大的，西尔维娅。当你还是个小女孩的时候，我就拉着你的手。你的脑海中形成了一些错误的浪漫思想，在某种程度上，我觉得自己应该承担这份责任。所以，我来帮助你了。”

西尔维娅眯着眼。

“好吧，我能理解，我当然理解你的心情。这个纽带也许并未存在于你的头脑里，而是在你心里。当读者与作者之间有如此紧密的联系时，就会形成一种纽带，一种情感与责任的纽带。每当你重读我写的故事时，这种联系就变得更加紧密和真实。它把我带到你身边，就像它把你带到我身边一样。”

西尔维娅看着他的眼睛，想到了一个人。

“欧弗雷泰先生，你就是奥斯卡·王尔德吗？”当她说出这个名字时，觉得自己的声音有些颤抖。

“我的全名是奥斯卡·芬格尔·欧弗雷泰·威尔斯·王尔德。”

她感到自己的身体因为他的赞美与爱而变得温暖，所有不确定性与恐惧都消失了，变成了光明和平静。接着，她的眼中流出感激的泪水。

她说：“王尔德先生……我有很多话要对你说。”

“你已经告诉过我了，亲爱的。每当你重温我的故事，重温我的每一句格言，看着我写的笑话笑出声来时，就是在和我谈心。我是你的一个朋友，我们的灵魂已经连接在一起了。这种全身心写作的人与全身心阅读的人之间的爱，就像生活本身一样真实。”

欧弗雷泰先生走近她，把她抱在怀里。西尔维娅终于体会到了那种“古老”的痛苦。永恒的、极度的、最为复杂的爱，把她带进了那个男人脆弱的灵魂深处，仿佛身陷囹圄之中。

他仿佛知道她在想什么，便说：“我们所做的一切，无论如何，都是我们自己的选择。我曾有机会逃离监狱，但我没有去做。也许我会感到内疚，觉得我应该受到惩罚，而隐居和冥想才是我最需要做的事情。我选择了在巴黎去世，这就是我的结局。其实，在那儿我过得非常开心。这就是为什么我希望你能选择自己真正想要的生活。我要让你意识到，你有着比身陷囹圄更糟糕的习惯。”

“你在监狱里写的那些故事……我已经看着哭了好多次了。”

“你流下的是我的眼泪，亲爱的，就好像你和我一起在那个冰冷的监狱里一样。这就是为什么我们需要书籍。你觉得用这种方式来表达对故事的尊崇有意义吗？如果那些故事没能流传下来，也没能传达创作者灵魂的一部分，读者就不会记住他们了。而那些作者就像其他所有人一样，都有自己的阴影、自己的矛盾和自己的痛苦。他们可以传递更明亮的东西，或是传播恐惧。”

西尔维娅点了点头：“有时候我觉得我正在寻找一些我无法找到的东西。我希望有人可以给我一个明确的答案，一个我可以把握的真相，但是很多时候，他们只会问我更多的问题。”

“的确如此，就像我起的名字‘最后一页的岛’。在我们怀疑自己是否可以全身心阅读一本书之前，我们会犹豫多次。如果我们能够相信书里所说的内容，我们才会全身心地去阅读。有几次，在读完一本书后，我觉得它已经把我带到了我想到达的地方。而只有当这本书成为我们尝试找到通往自己内心的光明道路的借口时，才会发生这种事。”

“所以，‘最后一页的岛’不在你的故事之列吗？那我们每个人如何通过阅读故事来认识自己呢？”

“在的。今天我们不得不谈一谈这个问题。关于结局和结论，请允许我给你送个小礼物，是与记忆有关的东西，能够集中和积累痛苦。当有害的记忆被集中起来时，它会以小石头的形式出现，我们会一直感觉到它的存在。就像鞋子里的鹅卵石一样，每走一步都会硌脚。”

“确实，”西尔维娅叹了口气，“忘记痛苦比忘记幸福更难。”

欧弗雷泰先生轻轻地将手指放到西尔维娅的额头上，抚摸着她，然后将他的双手伸进了她的脑袋里。她感到她的大脑正沐浴在阳光之中。

“就在这儿……如此之小，却如此可怕，对吧？”

她感到不寒而栗。欧弗雷泰先生幽灵般的手指在她的脑海里晃动，一直伸到使她痛苦的那块黑色石头上，里面装着所有她与阿伦犯下的错误以及因此招致的谴责，还有其他痛苦的记忆。她为了一个不值得的男人而牺牲了自己，失去了自尊。

欧弗雷泰先生抓住了那个黑色小石头，把它从西尔维娅的脑袋里拿出来，她立刻感到解放了。然后，他向她展示这块边缘非常锐利的黑色小石头，说道：“它之前一直在伤害你，但现在不会了，我的女孩。从此，你会变得无比幸福。”

西尔维娅明白了，刚才脑海中浮现的幻影，是最近一次与阿伦复合后，她既歉疚又开心的内心反映，还有那种爱他而带来的痛苦，为了拥有他而卑躬屈膝的可怜模样……而此刻，她觉得无比自由。

她流下了感激和欢乐的泪水，说道："如果我需要的话，你会帮助伊索尔德吗？"

"当然会的。小小的伊索尔德，这么小的孩子，已经受到如此大的伤害……她在我的坟墓上留下了一个宝贵的吻。我向你保证，我也会一直照顾她，就像我会照顾你一样，即使你忘记了我。"

西尔维娅哭泣得更厉害了，她说："但我不想忘记与你有关的记忆……我希望它永远成为我生命的一部分。"

"记忆？西尔维娅，你高估了我。重要的不是留在我们脑海中的东西，而是留在我们心中的东西。相信我，就像堵塞的管道最终会疏通一样，你会忘记这些的。"

西尔维娅哭了起来，因为重生而发自内心地快乐。

欧弗雷泰先生的形象渐渐变得模糊，他挥了挥手，深邃的眼眸中闪烁着柔情。然后，书架也逐渐消失了，就好像它们是由烟雾或天然气组成的。那些书变成了彩色粉末，渐渐消失了。接着，房间也变成了现代化酒店的普通房间。

然而，欧弗雷泰温暖的声音还在回响："我会给你一个礼物的，亲爱的。从你现在读的所有书中，无论是什么书，你都会学到为你的生活带来意义与光明的真理，而不会看到让你的内心充满黑暗或伤害你的东西。”

她点了点头，然而，从现实层面来理解这份礼物真不是一件容易的事。只有她才能在每个故事的最后一页上找到属于自己的岛。

“谢谢。”她低声说。

这两个字从未如现在这般充满意义。

在老巴黎的码头

露西安·黛丽勒[48]

“又做错事情了吗，还是怎么了？”宝莱特像是一个脾气暴躁的妻子，气势汹汹地问。

伊索尔德用手遮住嘴巴，以免笑出来。

“她说话就跟在电视里一样。”她高兴地说道。

“我丈夫做什么事都是错的！”宝莱特继续数落，把她的客人逗乐了，“我告诉他得刷一刷地毯，还有，把狗杀了，他却把梳子拿给狗，把跳蚤放在地毯上，做些乱七八糟的事！”

当然，她的丈夫并不在场。

此时，厨房的门打开了，助手鲍里斯匆忙地跑了出来：“你们都在这儿！还没到世界末日，对吧？”

伊索尔德笑出了眼泪。

自从西尔维娅、奥德修斯、伊莎贝尔和伊索尔德进门之后，宝莱特一直在对他们讲笑话，还即兴表演了漫画里的情节。

西尔维娅从奥德修斯那里知道，这个女人一直在与她的疾病做着斗争，病情目前处于稳定状态。

“这个女人是个硬骨头。”奥德修斯敬佩地笑着说。

在伊莎贝尔和伊索尔德自我介绍完之后，宝莱特开始向他们展示她的剪贴簿，说这是探望她和享受她的“丈夫”做的美食而必须付出的“代价”。

“顺便说一下，这东西非常好。”鲍里斯手里拿着一棵大白菜，说道。

桌上放着各式各样的开胃菜。

“真美味！”奥德修斯感叹道，夸奖着厨师。

“确实。您人真是太好了，拉米夫人。”伊索尔德说道。

西尔维娅看到她如此开心，也很开心。当看到伊索尔德从餐桌上拿起两只大虾，并把它们放在盘子上时，她更加欣慰了——伊索尔德的厌食症好像得到了缓解。

“你不要轻易相信他们这群有着良好教养的人的任何一句恭

维，鲍里斯。”宝莱特提醒他，“我需要你保持这种热情与精力。”

客人们笑了起来，而鲍里斯大声叹了口气。伊莎贝尔向鲍里斯询问做这些菜的秘诀，他绘声绘色地详细讲述着。宝莱特压根儿没兴趣听，到一边去品尝美味的面包卷了。

“伊索尔德，说给我听听，最近一段时间你在读什么？”西尔维娅问。

西尔维娅摇了摇头。听到自己问这个问题，她的脑海里一阵刺痛。怎么会这样？这只不过是一个正常的话题。

就像是她曾与他人有过一场重要的谈话，也是关于书籍的，她有意识地让自己不要忘掉。她努力回想，却毫无收获。虽然她记得对话的零星片段，但却不记得跟她说话的人是谁。仿佛她半梦半醒时看的一场电影，把记忆里的事情与当前发生在她身上的真实事情混为一谈。以前偶尔也会发生这种情况。

奥德修斯在桌子底下摩挲着她的手，然后吻了她的脸颊。这使她感觉心情愉悦。跟阿伦在一起时，做一切事都必须偷偷摸摸的，在街上亲吻，或者在别的任何地方亲密接触，都是不可能的。他们有可能被满怀嫉妒的茱莉娅监视，或者任何一个躲在角落里的人都可能认识茱莉娅，茱莉娅有如一位女记者，从未对此松懈过。然而，奥德修斯不但没有掩饰自己的感情，还能让西尔维娅因待在他身边而感到自豪。有时，他显得过于深情，使得这么多年来感情得不到认可的她觉得，她永远也不会相信自己能如此被男人对待。

西尔维娅也在他的脸颊上吻了一下。

然后，宝莱特用叉子碰撞杯子，说：“让我们为爱情而举杯吧！他们在经历过所有可怕的伴侣之后，终于找到了合适的人！”

在场的所有人，包括奥德修斯在内，都朝着西尔维娅的方向举起了酒杯，她感到脸颊烧得滚烫。他们在一起只有几个月的时间，但觉得很舒服，以至于所有认识他们的人都认为他们是一对相处了多年的情侣。

她已经感受到了与他在一起时的那种愉快、温暖以及安全感。他从没有要玩弄她的意思。他们几乎每天都会看到对方，他们在一点一点地建立信任、默契，她很享受。和阿伦在一起，则是困难重重的，充满了起起落落，充满了过错与利用。

她没有再见过阿伦，起初他给她发过一些短信，但是她都没有回。有一天，他打了四通电话，她都拒绝接听，尽管她也想告诉他自己的一些想法。最后，她打给了安德烈，让安德烈帮助阿伦，并劝他不要再打电话来了。

酒杯碰撞时发出叮叮当当的声音，让人感觉很快乐。

“你终于遇到了一个好男人！”伊莎贝尔惊呼道，有些醉意。

伊索尔德点了点头，眼睛一亮。西尔维娅意识到，那个在童年时就听着她的故事长大的女孩，正在听母亲对她最好朋友的择偶问题发表评论，这不仅仅是一个教人如何被别人爱的例子，也是一个重要的、可以效仿的例子。她觉得自己的经历也许会给伊索尔德带来帮助。想到这儿，她有些哽咽。

生活的真实面目

乔治·穆斯塔基[49]

“我已经很久没在圣日耳曼大道上走过了。”西尔维娅在一顶很大的雨伞下对奥德修斯说。他嘴角的弧度显露出他的笑意，看到他的人都会惊讶是什么让他如此喜悦。

“太好了！很长时间没有做这件事，再这样做的时候，就好像回到了你第一次做这件事的那个时刻。”他说道。

“你觉得我们还有很多第一次的事情要做吗？”她用一种感性的声音问，“因为我们已经做过一些，我现在快要想不出来了。”

“成千上万的事情，多得就像天空中的星星。”

“好吧，从巴黎来看，你看不到很多。”她打趣道。

“我们这样吧，明天是第一天，对吧？我想对你承诺，从这个月开始，我们相见的每一天里，我都会想一件我们从未一起做过的事情。作为交换，当然，下个月的第一天，你对我说一件我们没做过的事情。”

“嗯……我不知道。我想你赢了。五月比四月多一天呢，而且你已经想不出来了，所以我不得不神经紧张，至少是身体的百分之七十在紧张。”

他倾身冲动地吻她。几秒钟后，他说：“当你用百分比来描述的时候，我很喜欢，这令人兴奋。”

西尔维娅知道他是在认真地说她，这不是他第一次这么说她了。他有着生物学家般的理性思维与实证思维，总是很谨慎。

“所以你在用亲吻来抚慰我，好让我接受你的游戏？”她皱着眉头问。

“当然，你知道我调情的方法都是些很俗的套路。”不过这样的套路却很管用，因为西尔维娅最终接受了这个约定，尽管这会给她增加工作量。但是她安慰自己，自己有一个月的时间可以想。在这一个月里，寻找新的、充满乐趣的事情都落在他的头上了。

“好吧。”她说，“但为了弥补这多出来的一天，今天你就得提出一件事情，我们一起去做。”

他想了一会儿，然后笑了起来，说：“我同意。今天我们第一次共同做的事情就是……参观墓地。蒙马特公墓离这儿很近。而且，谦虚地说，我并不是你能找到的最差的导游，我知道其中一些最秘密的事情。”

“是关于葬礼的事情？”

“是的。”他微笑着肯定道。

她的同事瓦内莎曾告诉她，当你认识了对的人之后，一切都变得容易了。西尔维娅之前不同意这个观点，认为这也许不适合所有人，而且由于她的情况有些复杂，她和阿伦之间的关系也很复杂。在他看来，“容易”这个东西是非常不真实的，而在她看来，这种关系太过传统了。然而，与奥德修斯在一起之后，所有的事情都变得非常简单，且真实美好。他让她有种宾至如归的感觉。和他在一起的时候，她可以成为她自己，像她和朋友在一起或者独处时一样。也许最好的说法是，在他身边，她感到自由和舒适，就像她手里拿着一本好书一样。

所有小小的紧张都是完美的，一切就像一部电影。她面对阿伦时所经历的每一分钟的焦虑，也许是因为他们很少能见面，她只想尽力让他们在一起的每分每秒都变得令人难忘。现在，这一切都翻篇了。简单地说，她已经得到了快乐与幸福。她已经让肉欲与灵魂达成了和谐，而不是像之前那样将它们截然分开。

他们走过一面有门的墙，墙上还有一座雕像，那是一个只有一半身体的人，仿佛他正在穿墙而过。

西尔维娅停下来，感到困惑。

“你还好吗？”他问道。

“没事，这是我看到过的一个雕像，是一件重要的东西，但是我想不起来是什么了。”

奥德修斯笑了，说：“你曾经跟我说过一次这种感觉，还记得吗？那是你在我家度过的第一个晚上。”

她看着他，更糊涂了，说：“不，我不记得了。你在说什么？”

“你没有详细说，但是你提到了‘心理咨询师’这个词。我想是这个词。”

西尔维娅并不记得那次谈话了。她告诉自己，也许她的确考虑过在跟阿伦分手后接受一些心理上的治疗，但实际上她从没去过任何心理咨询室。奥德修斯很快就出现在她的生活中，以至于她都没有找心理医生的必要。

不过，她并不担心。相反，当她看到那个人的雕像，那个穿过墙壁的人，他的造型仿佛蒸汽般的人影，她强烈地感觉到自己应该想起一些重要的东西。但她无法从记忆中搜寻出任何东西，只是一种模模糊糊的感受。

这与心中的温暖、深厚的友谊以及前所未有的感激之情有关。她怎么会忘记那个能够让她产生这种情绪的人呢?

她正在努力回忆，但几分钟之后，她感到沮丧和困惑，决定放弃，好好享受这次散步。无论如何，她都会想起来的。如果没有成功，她也知道自己应该回到这座雕像前，重新体验那些包裹着她灵魂的情感。

“瞧，”奥德修斯说，“这是一个随机交换书的地方。我们以后也应该丢点儿书在这儿，在这个过程中，你自己也会受益匪浅。”

“不要因为你总是丢书就眼红我有那么多书。”她开玩笑地说。

他们来到了一块玻璃展示柜前，里面放着一些可以随机交换的书，这样可以免受雨淋。

突然间，毫无理由地，其中一本书引起了她的注意。就好像她的双手被磁化了一样，而这本书是一堆铁器中唯一用纯铁打造的仿制品。

这本书的名字叫《魔术师米洛伊》。

“看，封面上的这个人看起来很像你，”西尔维娅说，“我们拿走这本吧？”

他回应了她一个吻，很短，却很令人愉快，这是他惯用的表达肯定的方式。

注　释

1. 露西安·黛丽勒（Lucienne Delyle，1917—1962），法国著名歌唱家。标题这句话摘自她的歌曲《我会等待》(*J'attendrai*)。

2. 艾迪特·皮雅芙（Édith Piaf，1915—1963），法国女歌手。标题这句话摘自她的歌曲《约翰尼，你并非天使》(*Johnny, tu n'es pas un ange*)。

3. 雅克·海莲（Jacques Hélian，1912—1986），法国著名乐队指挥家。标题这句话摘自他的作品《巴黎的埃菲尔铁塔》(*Paris tour eiffel*)。

4. 约翰尼·哈里戴（Johnny Hallyday，1943—2017），法国歌手及演员。标题这句话摘自他的歌曲《我忘记了生活》(*J'ai oublié de vivre*)。

5. 雷欧·马哈内（Léo Marjane，1912—2016），法国歌手。标题这句话摘自她的歌曲《今晚我独自一人》(*Je suis seule ce soir*)；布拉萨伊（Brassai，1899—1984），匈牙利摄影师。

6. 鲍里斯·维昂（Boris Vian，1920—1959），法国作家、诗人、

音乐家、歌唱家、翻译家、评论家、演员、发明家和工程师。标题这句话摘自他的歌曲《我们并不在此相遇》(*On n'est pas là pour se faire engueuler*)。

7. 米雷耶·马修(Mireille Mathieu, 1946—),法国歌手。标题这句话摘自他的歌曲《这样更好》(*C'est mieux comme ça*)。

8. 芭芭拉(Barbara Brodi, 1930—1997),法国著名女歌手。标题这句话摘自她的歌曲《说,你什么时候回来?》(*Dis, quand reviendras—tu?*)。

9. 柯丽内·查比(Corynne Charby, 1960—),法国女演员、歌手。标题这句话摘自她的歌曲《掷硬币,正或反》(*Pile ou face*)。

10. 露西安·鲍耶(1903—1983),法国流行女歌手。标题这句话摘自她的歌曲《告诉我,关于爱情》(*Parlez-moi d'amour*)。

11. 亨利·萨尔瓦多(Henri Salvador, 1917—2008),法国歌手。标题这句话摘自她的歌曲《爱的疾病》(*Maladie d'amour*)。

12. 伊夫·蒙当(Yves Montand, 1921—1991),意大利演员、歌手。标题这句话摘自他的歌曲《当你睡在我身边》(*Quand tu dors près de moi*)。

13. 标题这句话摘自米雷耶·马修的歌曲《我不知道,我不知道》(*Je ne sais pas, je ne sais plus*)。

14. 萨尔瓦多·阿达莫(Salvatore Adamo, 1943—),意大利歌手、作曲家。标题这句话摘自她的歌曲《你听不见》(*Et vous*

n'écoutez pas)。

15. 标题这句话摘自伊夫·蒙当的歌曲《巴黎人群》(*Paris canaille*)。

16. 丹尼尔·吉查德(Daniel Guichard，1948—)，法国歌手、作曲家。标题这句话摘自他的歌曲《不要这样哭泣》(*Faut pas pleurer comme ça*)。

17. 标题这句话摘自伊夫·蒙当的歌曲《巴黎民谣》(*La ballade de paris*)。

18. 标题这句话摘自亨利·萨尔瓦多的歌曲《狼、鸽子和骑士》(*Le loup, la biche et le chevalier*)。

19. 标题这句话摘自艾迪特·皮雅芙的歌曲《在巴黎的天空下》(*Sous le ciel de paris*)。

20. 米歇尔·福冈(Michel Fugain，1942—)，法国歌手、作曲家。标题这句话摘自他的歌曲《一个美丽的故事》(*Une belle histoire*)。

21. 吉恩·莎波隆(Jean Sablon，1906—1994)，法国歌手、演员。标题这句话摘自他的歌曲《你，对我视而不见》(*Vous, qui passez sans me voir*)。

22. 乔治·穆斯塔基(Georges Moustaki，1934—2013)，埃及－法国歌手、作词人。标题这句话摘自他的歌曲《我自由了》(*Ma liberté*)。

23. 雷奥·费勒(Léo Ferré，1916—1993)，埃及诗人、作曲家。

标题这句话摘自他的歌曲《随着时间的推移》（*Avec le temps*）。

24. 弗朗西斯·卡布雷尔（Francis Cabrel，1953— ），法国歌手、吉他手。标题这句话摘自他的歌曲《它被写下了》（*C'est écrit*）。

25. 标题这句话摘自萨尔瓦多·阿达莫的歌曲《落雪》（*Ombe la neige*）。

26. 让·加宾（Jean Gabin，1904—1976），法国演员、歌手。标题这句话摘自他的歌曲《现在我知道了》（*Maintenant je sais*）。

27. 查尔斯·阿兹纳武尔（Charles Aznavour，1924— ），法国歌唱家、演员。标题这句话摘自他的歌曲《此外，还有》（*Et pourtant*）。

28. 奥利维亚·鲁伊斯（Olivia Ruiz，1980— ），法国流行歌手。标题这句话摘自他的歌曲《巧克力女人》（*La femme chocolat*）。

29. 巴登·鲍威尔（Baden-Powell，1937—2000），巴西吉他手。标题这句话摘自他的歌曲《带走我吧》（*Emmène-moi*）。

30. 标题这句话摘自查尔斯·阿兹纳武尔的歌曲《波希米亚女人》（*La bohème*）。

31. 标题这句话摘自伊夫·蒙当的歌曲《真是太好了》（*C'est si bon*）。

32. 西尔维耶·瓦尔坦（Sylvie Vartan，1944— ），法国女演员、歌手；弗朗西斯·哈迪（Françoise Hardy，1944— ），法国女歌手。标题这句话摘自她们的歌曲《在我身上住着两个女孩》（*Il y a deux filles en moi*）。

33. 标题这句话摘自艾迪特·皮雅芙的歌曲《幸福》(*Heureuse*)。

34. 标题这句话摘自鲍里斯·维昂的歌曲《笼子里的爱》(*L'amour en cage*)。

35. 约翰尼·哈里戴(Johnny Hallyday，1943—2017)，法国歌手及演员。标题这句话摘自他的歌曲《我答应你》(*Je te promets*)。

36. 雅克·布雷尔(Jacques Brel，1929—1978)，比利时歌手、作曲家、演员、导演。标题这句话摘自他的歌曲《老恋人之歌》(*La chanson des vieux amants*)。

37. 皮莱特(Pierrette，1949—)，法国女演员、歌手。标题这句话摘自她的歌曲《为何退出自由生活》(*À quoi sert de vivre libre*)。

38. 标题这句话摘自艾迪特·皮雅芙的歌曲《吧嗒，吧嗒》(*Padam, Padam*)。

39. 标题这句话摘自艾迪特·皮雅芙的歌曲《不要离开我》(*Ne me quitte pas*)。

40. 标题这句话摘自乔治·穆斯塔基的歌曲《坦德勒地图》(*La carte du tendre*)。

41. 吉尔伯特·贝考德(Gilbert Bécaud，1927—2001)，法国歌手、钢琴家、演员。标题这句话摘自他的歌曲《现在》(*Et maintenant*)。

42. 乔治·盖特瑞(Georges Guétary，1915—1997)，法国歌手、

舞蹈演员。标题这句话摘自他的歌曲《遗憾的华尔兹》(*La valse des regrets*)。

43. 标题这句话摘自乔治·穆斯塔基的歌曲《没有任何改变》(*Rien n'a changé*)。

44. 标题这句话摘自艾迪特·皮雅芙的歌曲《不，我不后悔》(*Non, je ne regrette rien*)。

45. 克里斯托夫（Christophe，1945— ），法国流行歌手。标题这句话摘自他的歌曲《迷失的天堂》(*Les paradis perdus*)。

46. 米歇尔·罗格朗（Michel Legrand，1932— ），法国作曲家。标题这句话摘自他的歌曲《我心中的磨坊》(*Les moulins de mon cœur*)。

47. 标题这句话摘自乔治·穆斯塔基的歌曲《心灵受伤的那个人》(*L'homme au cœur blessé*)。

48. 露西安·黛丽勒（Lucienne Delyle，1917—1962），法国著名歌唱家。标题这句话摘自她的歌曲《在老巴黎的码头》(*Sur les quais du vieux Paris*)。

49. 标题这句话摘自乔治·穆斯塔基的歌曲《生活的真实面目》(*Le temps de vivre*)。

图书在版编目（CIP）数据

在最后一页等我 /（西）索菲亚·蕾依著；沈奕译
. — 北京：北京联合出版公司，2021.2
ISBN 978-7-5596-4593-7

Ⅰ. ①在… Ⅱ. ①索… ②沈… Ⅲ. ①长篇小说—西班牙—现代 Ⅳ. ①I551.45

中国版本图书馆CIP数据核字（2020）第189811号

北京市版权局著作权合同登记 图字：01-2020-7579

在最后一页等我
作　　者：［西］索菲亚·蕾依
译　　者：沈　奕
出 品 人：赵红仕
责任编辑：夏应鹏

北京联合出版公司出版
（北京市西城区德外大街 83 号楼 9 层　100088）
河北鹏润印刷有限公司印刷　新华书店经销
字数 160 千字　880 毫米 × 1230 毫米　1/32　9.25 印张
2021 年 2 月第 1 版　2021 年 2 月第 1 次印刷
ISBN 978-7-5596-4593-7
定价：48.00 元
